WENN LIEBE KRANK MACHT

CHRISTIANE STERPENICH

WENN LIEBE KRANK MACHT

(AUS DEM TAGEBUCH DER CHRISTIANE S.)

HOFFNUNGSLOS VERLIEBT IN
EINEN SEXSÜCHTIGEN MANN

**Bibliografische Information der Deutschen National-
bibliothek**
Die Deutsche Nationalbibliothek verzeichnet diese Publi-
kation in der Deutschen Nationalbibliografie; detaillierte
bibliografische Daten sind im Internet über
http://dnb.d-nb.de abrufbar.

© 2008 Christiane Sterpenich
Satz, Umschlaggestaltung, Herstellung und Verlag:
Books on Demand GmbH, Norderstedt
ISBN 978-3-8370-3126-3

MIT MEINEM BUCH SPRECHE ICH
ÜBERWIEGEND DIE WEIBLICHEN LESER AN.
KEIN ANDERES THEMA KANN SO SCHÖN,
ABER AUCH SO SCHMERZHAFT SEIN WIE DIE
LIEBE!
EIN BUCH VOLLER EMOTIONEN,
HOFFNUNGEN, TRAUER, EIFERSUCHT, BIS
HIN ZU TIEFEN DEPRESSIONEN.
ICH BIN MIR FAST SICHER, DIESE WAHRE
GESCHICHTE WIRD SEHR VIELE MENSCHEN
AN IHR EIGENES SCHICKSAL ERINNERN.
SOLLTE AUCH SIE DIESES THEMA SEHR
BELASTEN, SCHREIBEN SIE ES NIEDER. DAS
IST DIE BESTE THERAPIE.
DAS HABE ICH GETAN. ICH WÜNSCHE
IHNEN VIEL SPASS BEI DER LEKTÜRE.

IHRE CHRISTIANE S.

KAPITEL I

EINBLICK IN MEINE VERGANGENHEIT

Als junges Mädchen war ich eher etwas zurückhaltend und schüchtern, Männern gegenüber fast unnahbar. Mal hier ein Küsschen, mal da ein Küsschen, das war's. Ich würde von mir selbst behaupten, richtig verklemmt gewesen zu sein. Erst mit 18 habe ich mich zum ersten Mal so richtig verliebt. Max war gerade in unsere Ortschaft zugezogen, das machte ihn interessant.

Mir ist zu jener Zeit auch ein etwa gleichaltriges Mädel aufgefallen. Per Zufall habe ich sie angesprochen, ohne zu wissen, dass es sich dabei um Max' Schwester Tina handelte. Wir beide waren uns auf Anhieb sympathisch, sie schleppte mich gleich zu sich mit nach Hause. Eine ziemlich große Familie erwartete mich da. Plötzlich ging die Tür auf, da sah ich IHN, den Typen, der mir schon längst positiv aufgefallen war. Ein mulmiges Gefühl entwickelte sich in meinem Bauch. Ich versuchte mir erst mal nichts anmerken zu lassen. So unerfahren, wie ich war, klappte es natürlich nicht. Seine Blicke, seine Gesten verrieten mir, dass ich auch sein Interesse weckte. Das war absolutes Neuland für mich. Nie zuvor konnte ich bei einem Mann landen, der auch mir gefiel. Meistens war es umgekehrt, und diese Typen wollte ich dann nicht haben!

Mit der Zeit kamen wir uns näher, aber es war mit Startschwierigkeiten meinerseits verbunden. Wegen meiner

Naivität merkte ich zunächst nicht, dass er es, wie so viele Männer, nur auf das EINE abgesehen hatte. Vielleicht sollte ich noch kurz erwähnen, dass mein Sternzeichen Krebs ist. Menschen mit diesem Sternzeichen sind meist (über-)sensibel. Falls Sie ebenfalls Krebs sind, werden Sie dies bestätigen können.

Zurück zu Max und mir. Nach langem Hin und Her wurde ihm klar, dass er Gefühle für mich entwickelte. Wir versuchten unser Glück, bloß auf das, was er von mir wollte, musste er fast ein Jahr lang warten. Ich denke, meine Einstellung war auch gut so, denn vermutlich hätte er mich sonst gleich wieder abgeschossen.

Aus uns wurde allmählich ein Liebespaar. Mit viel Geduld brachte er mir damals bei, wie man mit Männern umgeht, vor allem aber, mich im Leben durchzusetzen. Als ich ihn kennen lernte, besuchte ich noch die Schule. Darauf hatte ich längst keine Lust mehr. Bloß, was soll man machen, wenn die Eltern darauf bestehen? Natürlich hatte ich bald nur noch ANDERE SACHEN im Kopf, lernen wurde immer mehr zum Fremdwort.

Dank Max' Hilfe habe ich mir dann einen festen Job gesucht und gleich eine sichere Stelle als Staatsbeamtin gefunden, die ich bis heute sehr zu schätzen weiß.

Die Jahre vergingen wie im Flug. An ein Eigenheim war zunächst nicht zu denken. Also lebten wir wie viele Pärchen erst mal zur Miete und zogen öfters um. Ein neues Familienmitglied machte unser Glück perfekt. Ein Hund aus dem Tierheim. An Kinder haben wir nie wirklich gedacht, bei den heutigen Aussichten.

Nach fünf Jahren Freundschaft haben wir dann den großen Schritt zum Traualtar gewagt. Alles verlief bestens, auch wenn es wie in jeder Ehe manchmal krachte. Geldsorgen hatten wir eigentlich keine, gemeinsame Freunde schon. Bis der Alltag uns immer mehr im Griff hatte. Da fingen die Probleme an.

Zu meinem Äußeren sollte ich noch erwähnen, dass ich schon als Kind ziemlich pummelig war, was sich nie ändern sollte. Habe ich deshalb nie großen Wert auf mein Aussehen gelegt? Gepflegt war ich schon, aber Kleider und Haare waren mir eher unwichtig. Mein süßes Gesicht (sagt man) kam durch meine komischen Frisuren nie richtig zur Geltung.

Das muss mir irgendwann selbst bewusst geworden sein. Wegen der Langeweile im Alltag nach mittlerweile fast zehn Jahren Ehe wollte ich einen wirklichen Wandel. Ich war zwar nach wie vor nicht gerade schlank, wollte aber meine äußere Erscheinung deutlich verbessern. Ich ließ die Haare wachsen und änderte meine Art, mich zu kleiden. Von Natur aus war ich schon immer ein kontaktfreudiges Wesen und hatte nie Probleme, mich mit wildfremden Menschen zu unterhalten. In meinem Bekanntenkreis schätzte man mich stets als sehr zuverlässig und vertrauenswürdig.

Nachdem ich mich also äußerlich verändert hatte, wurde ich auch draußen in der großen Männerwelt interessanter. Obwohl ich von Max oft Komplimente bekam, waren die von anderen trotzdem wichtiger. Ich bekam endlich mehr Selbstvertrauen. Das Ganze führte leider dazu, dass ich irgendwie den Boden unter den Füßen verlor und in Situationen geriet, denen ich seelisch nicht gewachsen war. Ich interessierte mich auf einmal für etwas ältere Männer. Warum? Darauf weiß ich keine Antwort. Wieso ging ich plötzlich fremd? War es der Reiz des Neuen, oder fehlte mir etwas?

Ich denke, es lag ganz einfach daran, dass ich in meinen schönsten Jahren nichts in dieser Art erlebt hatte. Immer wieder hört man, dass die erste große Liebe mit Sicherheit nicht ewig hält. Meine Ehe drohte durch mein Verschulden zu scheitern. Aber Max hielt weiterhin an mir fest in der Hoffnung, dass ich doch wieder auf den richtigen Dampfer finde. Dem war aber nicht so, ich entfremdete mich immer mehr von ihm, trotz der Toleranz, die er aufbrachte. Anfangs ging ich noch mit ihm ins Bett, aber irgendwann wollte ich selbst das nicht mehr.

Ich habe uns beiden lange etwas vorgemacht, nur weil ich zu feige war, den schwierigen, letzten Schritt zu gehen. Dann kommen Gedanken wie: „Was denken die Bekannten, die Nachbarn und natürlich die Familien?" Was sich zwischen uns abspielte, wussten nur die wenigsten, schätze ich mal. Aber dennoch, zur Trennung kam es vorerst nicht, ich zögerte das Ganze immer noch hinaus. Wir lebten nur noch zusammen wie Bruder und Schwester.

Bis – ja, bis mir das Schicksal die endgültige Entscheidung abnahm.

KAPITEL 2

DER TAG, DER SO VIELES VERÄNDERTE

Ich habe bereits berichtet, dass ich in Situationen geriet, denen ich nicht gewachsen war. Keine davon aber ist erwähnenswert im Vergleich zu der folgenden. Ich machte eine Bekanntschaft, die mein ganzes Leben veränderte.

Der Winter stand vor der Tür, eigentlich optimal für einen schönen Abend in einer Disco. Da ich kein Kind von Traurigkeit war, fand sich schnell eine Freundin – Ute –, die mit mir um die Häuser zog. Ich holte sie abends ab, und wir einigten uns auf ein gemütliches Essen in einem Restaurant in unserer Stadt. Wir redeten über Gott und die Welt, über Männer lästerten wir natürlich auch. Es wäre ja sonst kein Frauenabend gewesen.

Nach dem Essen machten wir uns auf den Weg. Ich weiß noch ganz genau, ich trug an dem Abend einen violetten Pulli, die passenden Schuhe dazu sowie eine schwarze Hose. Ich war dezent geschminkt, die langen Haare zu einem Zopf geschlungen. Ute dagegen ist ein schlankes Ding, das sich nicht groß bemühen muss, um bei den Männern zu landen.

Ohne große Erwartungen kamen wir kurz vor Mitternacht in meiner Stammdisco an. Es war jede Menge los, wir holten uns erst mal einen Drink und genossen die gierigen Blicke der Männer. Klar, wir waren ja auch alleine dort. Die Disco war aufgeteilt in verschiedene Bereiche.

Jeder kam auf seine Kosten, für Abwechslung war bestens gesorgt. Meine Vorliebe gilt dem Schlager oder halt der älteren Musik. Klingt eher ungewöhnlich für mein Alter (damals 35).

Wir beide hatten uns endlich in einer gemütlichen Sitzecke niedergelassen. Es wurde geredet, gelacht, ja, wir haben uns köstlich amüsiert. Einige Männer hatten wir schon abgewimmelt. Was die manchmal für Tricks auf Lager haben, unglaublich. So auch der Typ, der in meinem Buch die Hauptrolle spielen wird.

Ute holte sich einen weiteren Drink. Beim Vorbeigehen rempelte mich „irrtümlich" ein Mann an. Ich schenkte ihm jedoch keine Beachtung. Aber so nahm die Geschichte ihren Lauf. Gegen ein Uhr funkte der Besagte dazwischen und fragte mich, ob ich Lust hätte, mit ihm zu tanzen. Ich verneinte, allerdings nur, weil seine Art zu tanzen nicht so mein Ding war. Sein erwartungsvoller Blick wandelte sich in Enttäuschung. Dennoch war es für mich als kontaktfreudigen Menschen kein Problem, mit dem Mann ins Gespräch zu kommen. Seine Sympathie weckte in mir etwas Besonderes. Zudem war er gar nicht übel. Er war nicht größer als ich, hatte dunkles, kurzes Haar, grüne Augen und irgendwie das gewisse Etwas.

Unsere Gespräche konzentrierten sich anfangs auf das Übliche, Alter, Name und so weiter. Er hieß Tom. Bei seinem Alter trat ich ins Fettnäpfchen und schätzte ihn auf 44, dabei war er erst knapp 41. Ich glaube, das hat er mir nie verziehen.

In unserem Gespräch wurde ich allerdings stutzig, warum er keine Freundin hatte. Er versuchte es mir zu erklären. Er lebe von heute auf morgen, genieße seine Freiheit. Auf ein Leben, wie seine Schwester es führe, habe er keine Lust. Wolle die mal eben in den Tante-Emma-Laden, müsse sie dies zuvor schriftlich bei ihrem Mann einreichen.

Schnell stand fest, auch er hatte nur „das eine" im Sinn. Obwohl er mir gut gefiel, versuchte ich ihn irgendwie abzuwimmeln. Ich machte ihm klar, bei mir könne er eh nicht landen. Wahrscheinlich hatte sich zur Abwechslung mal mein Verstand eingeschaltet.

Aber Tom ließ nicht locker. Dann klingelte auch noch mein Handy, eine belanglose SMS funkte dazwischen. Er nutzte die Gelegenheit aus, um mich nach meiner Nummer zu fragen. Ich geriet in Verlegenheit, zögerte, gab sie ihm dann aber doch. Ich konnte seinem verdammten Charme nicht widerstehen. Er verbrachte den ganzen restlichen Abend mit uns bzw. mir. Ich bemerkte, dass er Probleme bekam, sich unter Kontrolle zu halten. Seine Anziehungskraft auf mich war wirklich enorm. Immer wieder versuchte er mich zu berühren, ohne jedoch aufdringlich zu sein. Er baggerte und baggerte, ein Kompliment nach dem anderen. Zudem stand er auf mollige Frauen, Barbiepuppen waren nicht sein Ding. Ich habe es genossen, sicherlich. Schließlich war es lange her, dass mir solche Sachen zu Ohren gekommen waren. Ich habe ihm den ganzen Abend die kalte Schulter gezeigt. Das war nicht gerade einfach, denn er gefiel mir immer besser.

Gegen vier Uhr sind Ute und ich dann los. Mich erwartete ein großer Abschied. Tom drückte mich ganz fest an sich und wollte mich gar nicht mehr loslassen. Auf dem Heimweg redeten Ute und ich darüber, wie das Ganze abgelaufen war. Wir waren einer Meinung, dass ich keine schlechte Eroberung gemacht hatte. Auch Ute hatte sich gut mit Tom unterhalten. Meine innere Stimme sagte mir allerdings: „Der meldet sich nie wieder ..."

KAPITEL 3

HALLO, SCHÖNE FRAU, GRUSS TOM

Nachdem ich ein paar Stunden geschlafen hatte, wachte ich gut gelaunt wieder auf, trank Kaffee und schaltete dann wie üblich mein Handy ein. Siehe da, es klingelte. Auf dem Display erschien eine Nachricht von Tom: Hallo, schöne Frau, Gruß Tom. Es war nicht viel, aber es freute mich sehr. Habe ihm sofort geantwortet, auf den Sendebericht aber wartete ich vergeblich. Erst am späten Abend schaltete er sein Handy ein. Da erhielt ich auch schon die nächste SMS. Er bedankte sich für den schönen Abend am Tag zuvor und wollte mich gerne wiedersehen. Ich war ein bisschen verwirrt, denn ich konnte nicht verstehen, warum er sich ausgerechnet für mich interessierte, wo er doch so viele andere haben konnte.

Über eine Woche erhielt ich eine Nachricht nach der anderen von ihm. Plötzlich herrschte Funkstille. Ob ich ihn wohl mit irgendetwas gekränkt hatte, ging mir durch den Kopf. Ich war mir nach langem Überlegen aber keiner Schuld bewusst. Das war's also schon, dachte ich. Mein Stolz ließ es nicht zu nachzuforschen.

Mittlerweile waren sieben weitere Tage vergangen, und ich hatte dieses Thema schon abgeschlossen. Ich erinnere mich noch ganz genau, wir hatten gerade unsere Pause im Büro. Es war zehn Uhr, da erwartete mich eine kleine Überraschung: eine SMS von Tom. Wie es mir ging, wollte er wissen, und dergleichen. Ich war aus dem Häuschen, das gab ich ihm auch gleich zu verstehen. Am kommenden Wochenende wollte er mich wiedersehen, in meiner Lieblingsdisco, dort, wo wir uns kennen gelernt hatten. Mit einem Satz schoss mein Adrenalinspiegel in die Höhe, es waren nur noch zwei Tage bis dahin. Klar wollte ich Tom treffen, meinen Selbstschutz wollte ich diesmal zu Hause lassen. Einigen Arbeitskollegen hatte ich von ihm erzählt, war ich doch mächtig stolz auf den Fisch, den ich an meiner Angel hatte.

War ich aufgeregt an jenem Freitag! Mit Hilfe meiner guten Freundin Claudia färbte ich mir die Haare knallrot. Ich wollte einfach blendend aussehen. Na ja, trotz aller Bemühungen war das Endresultat dann doch etwas misslungen. Ich hatte Angst, ihm nicht mehr zu gefallen. Claudia versuchte mich zu beruhigen. Eine andere Freundin, Carla, fuhr auch mit uns. Die drei Damen vom Grill machten sich gegen 22 Uhr auf den Weg.

Obwohl man nur eine halbe Stunde benötigt, kam mir die Fahrt endlos vor. Unterwegs habe ich die beiden verrückt gemacht. Ich war doch so aufgeregt. Seit unserem ersten Treff war schon eine Weile vergangen, und ich konnte mich nicht mehr ganz genau an sein Aussehen erinnern. Vielleicht gefiel er mir nicht mehr?

Bis zum Termin durfte ich noch ein bisschen zappeln, denn wir waren zu früh dort angekommen. Ich war völlig durch den Wind, meine Glimmstängel glühten pausenlos. Die Stunde der Wahrheit rückte immer näher.

Plötzlich kam ein Typ grinsend um die Ecke, direkt auf mich zu. Ja, es war Tom, er begrüßte mich mit einem dicken Kuss. Mein Puls hatte soeben jegliche Grenzen überschritten. Ich blinzelte zu Claudia und Carla rüber, die beiden zeigten mir ein fettes Okay-Zeichen. Das tat mir selbstverständlich gut. Dann stellte ich ihm die beiden vor. Meine Aufregung legte sich etwas, und wir redeten unbefangen.

Schließlich wechselten wir den Tanzraum. Dort traf Tom auf jede Menge Kumpels, alles nur Saufkumpane. Ich stand etwas abseits, gehörte nicht wirklich dazu. So hatte ich mir den Abend mit ihm dann doch nicht vorgestellt. Er musste wohl gemerkt haben, dass ich mir überflüssig vorkam. Nachdem er sich wieder zu mir gesellt hatte, ließen uns meine beiden Freundinnen allein. Mich plagte ein schlechtes Gewissen, denn ich war doch mit ihnen dort. Oder hatte ich sie ungewollt als Mittel zum Zweck benutzt?

Tom und ich jedenfalls suchten uns ein ruhigeres Plätzchen. Seinen Blicken wich ich bewusst aus. Ich wollte stark sein, denn seine Absicht war mir schnell klar geworden. Nur, wie sollte ich diesem treuen Hundeblick auf Dauer widerstehen? Tom nahm mich in den Arm. War das ein tolles Gefühl! Noch immer kämpfte ich mit mir selbst. Aber warum nur? Dann passierte „es". Seine Lippen näherten sich ungebremst den meinen. Ich hatte den Kampf verloren. Wir knutschten wild herum. Alle meine Schwellkörper wurden aktiv, bei ihm war es natürlich nicht anders.

Zur Abwechslung gönnten wir uns eine Pause und plauderten über alles Mögliche. Er war ein ehrlicher Typ, er stellte von Anfang an klar, dass er keine ernsthaften Absichten hatte. Dieser Gedanke gefiel mir gar nicht, war ich doch auf dem besten Weg, mich in ihn zu verlieben.

Doch ich ließ mir von seiner Bemerkung nicht den Abend verderben. Also knutschten und fummelten wir weiterhin herum. Ich hatte jegliches Zeitgefühl verloren.

Plötzlich tauchten meine beiden Mädels auf, grinsten bis über beide Ohren, waren aber keinesfalls überrascht von dem, was sie zu sehen bekamen. Tom und ich hatten uns ziemlich angeschärft. Aus seinem Mund sprudelte dann ein Satz, der mir gar nicht gefiel: Du, ich will ...! Nein, das ging mir doch zu weit, denn ein Typ für eine Nacht war unsereiner nicht. Außerdem, so einfach wollte ich es ihm dann doch nicht machen. Um mich muss man(n) sich etwas mehr bemühen.

Inzwischen war es vier Uhr geworden, Claudia und Carla wollten nach Hause. Ich war ohnehin angenehm überrascht, dass sie es so lange ausgehalten hatten, zumal sie sich erst an dem Abend kennen gelernt hatten. Doch sie mussten wohl viel Spaß gehabt haben, aber davon hatte ich nichts mitbekommen.

Tom begleitete mich bzw. uns noch zu Carlas Wagen. Noch schnell ein paar Küsschen, dann mussten wir uns leider trennen. Doch der nächste Termin stand schnell fest.

Auf dem Heimweg war ich total überdreht und dachte nur noch an Tom, aber leider auch an seine Bemerkung, die mir schwer zu schaffen machte. Doch der Mensch lebt bekanntlich von der Hoffnung. Vielleicht könnte es mir ja gelingen, seine Einstellung zu ändern? Lieber wollte ich ihn teilweise besitzen als gar nicht. Dieser Fehler war fatal und sollte mein ganzes Leben verändern.

Bis zum nächsten Date vertrösteten wir uns mit SMS. Anfang der folgenden Woche fragte er mich dann, ob ich

Lust hätte, ihn am Nachmittag zu treffen. Natürlich, welch blöde Frage! Tom kam aus dem Saarland, ich aus Luxemburg, und so einigten wir uns auf die goldene Mitte.

Wir trafen uns vor einem Fast-Food-Imbiss. Wieder zitterten meine Knie. Ob er wohl pünktlich erscheinen würde? Ja, das tat er. Tom stieg zu mir ins Auto, wir umarmten und küssten uns. Mir wurde wieder ganz anders. Doch dann der nächste Tiefschlag. Er wurde noch deutlicher und sagte zu mir: Du, damit du's weißt, ich kann nicht treu sein! Kannst du irgendwie damit umgehen? Ich glaube, in diesem Moment schossen mir Tränen in die Augen. Diesen tollen Mann gleich wieder fallen lassen? Nein, das konnte und wollte ich nicht. Wir hatten bis dahin doch noch nichts Nennenswertes erlebt, jetzt sollte schon Schluss sein? Ich war zu jener Zeit sowieso auf Entzug, und gegen meine Prinzipien mit ihm ins Bett zu gehen konnte ich mir durchaus vorstellen. Ich war ihm verfallen. Seine niederschmetternde Mitteilung verdrängte ich erst mal.

Wir fuhren mit meinem Wagen ins Dörfchen. Trotz allem, ich war so glücklich! Hand in Hand betraten wir das kleine Lokal, das wir gerade entdeckt hatten. Wir aßen eine Kleinigkeit, dabei war mir der Hunger längst vergangen. Kein Wunder, bei diesen Turbulenzen. Es war schwierig, mit mir ein Gespräch zu führen, denn ich hatte stets den Drang, Tom zu küssen. Manchmal hörte ich ihm trotzdem zu. Er erzählte mir, er sei Musiker und spiele in einer Band. Dieses Hobby nehme viel Zeit in Anspruch, ein Blasinstrument müsse man schließlich beherrschen. Es klang sehr interessant. Vielleicht war das einer der Gründe, keine feste Bindung einzugehen?

Tom arbeitete in einer großen Firma und gehörte schon fast zum Inventar. Wenn man seinen bescheidenen Lohn betrachtete, würde man das allerdings nicht meinen. Immer wieder musste ich das Gespräch unterbrechen, ich war unendlich scharf. Am liebsten hätte ich ihn gleich am Tresen vernascht. Wir blieben nicht lange dort, zu sehr beschäftigte uns ein anderer Gedanke. Nur, wohin? Mein Auto stand etwas ungünstig, direkt unter einer Laterne gegenüber der Kirche. Nicht unbedingt der passende Ort, um sich auszutoben! Aber der Verstand hatte sich längst bei uns beiden ausgeschaltet. Eine Kuschelrock-CD hatte ich auch dabei, optimal für solch einen Anlass.

Bald konnte sowieso niemand mehr etwas erkennen, die Scheiben waren völlig beschlagen. Zwar kamen einige Leute an dem Auto vorbei, aber das brachte uns nicht mehr aus der Fassung. Volles Programm war unmöglich, dafür fehlte einfach der Platz. Wir gingen trotzdem auf „Entdeckungsreise", es blieb bei der Vorstufe, aber die war wunderschön. Der Typ machte mich echt verrückt, ja, man merkte, er konnte gut mit Frauen umgehen, jedenfalls was diesen Bereich betrifft. Ich bin ohnehin ziemlich unkompliziert, er brauchte nicht lange, um mich zufrieden zu stellen. Trotz Platzmangels kam auch er auf seine Kosten. Ungemütlich war es auch, aber was soll's, wir hatten doch uns.

Danach genoss ich erst mal eine Zigarette, die nach solch einer Anstrengung besonders gut schmeckte. Leider musste ich ihn anschließend wieder zu seinem Wagen bringen, den er bei unserem Treffpunkt abgestellt hatte.

Am nächsten Tag mussten wir beide zur Arbeit. Ich war bestimmt des Öfteren „abwesend"! Ich war so glücklich:

das erste Mal, dass wir uns ein bisschen nähergekommen waren! Damit wäre ich nie alleine klargekommen, also musste ich meinen engsten Freundeskreis darüber informieren. Natürlich auch über die damit verbundenen Kompromisse. Die Reaktionen waren unterschiedlich: Die einen glaubten, er würde sich vielleicht ändern, wenn er mich besser kannte, andere jedoch meinten, dass ich dem nicht gewachsen sei. Letztere sollten Recht behalten.

Aber es folgten noch unzählige, nervenzerreißende Abenteuer mit Tom. Am liebsten wäre ich 24 Stunden am Tag mit ihm zusammen gewesen, aber schon allein die Distanz von hundert Kilometern machte das unmöglich. Es blieb bei der lockeren Fernbeziehung. Anfangs konnte ich mich ja nicht beklagen, denn wir sahen uns doch wenigstens einmal pro Woche.

Immer wieder aber verfolgte mich der blöde Gedanke: Was treibt er, wenn er nicht bei dir ist? Dass er nicht in festen Händen sein konnte, bewies er damit, dass er mir seine Festnetznummer mitteilte. Also bestand die Möglichkeit, ihn jederzeit anzurufen. Das beruhigte meine dämlichen (berechtigten?) Gedanken ein bisschen. Ich versuchte das Ganze nicht so eng zu sehen und genoss einfach die schönen Stunden, die ich mit ihm verbringen durfte.

Bei unserem nächsten Date gerieten wir beide ziemlich schnell außer Kontrolle. Wir saßen erneut in dem kleinen Lokal an der Ecke, aber diesmal nicht lange, denn ... Schon auf dem Weg dorthin wusste ich, heute passiert „es"! Und wieder die Frage: wohin? Nein, nicht im Wagen, das war schnell klar. Zur Auswahl blieb eigentlich nur ein Hotel. Wir wussten beide nicht, ob sich eins in der Nähe befand, und preiswert musste es auch sein. Also fuhren wir blind durch die Gegend. Mein Auto bebte förmlich durch die Spannung, die wir ausstrahlten.

Bei der ersten Adresse durften wir nicht bleiben. Die alte, kauzige Dame hatte unser Vorhaben schnell durchschaut. So was würde sie in ihrem Hotel nicht dulden, gab sie uns zu verstehen. Zum ersten Mal erlebte ich Tom in einer gereizten Verfassung.

Irgendwann fanden wir dann doch ein passendes Hotel. Wir gaben an, auf der Durchreise zu sein, und handelten einen billigeren Tarif aus, weil wir aus Zeitgründen eh aufs Frühstück verzichten müssten. Wir hatten Glück und ergatterten ein kleines Zimmer. Tom hatte eine mittelgroße Tasche dabei. Mich überkam plötzlich ein seltsames Gefühl. War ich an einen Perversling geraten? Dennoch folgte ich ihm aufs Zimmer Nummer sieben. Mein Blick fiel immer wieder auf diese verdammte Tasche. Schließlich lüftete er das Geheimnis. Zum Vorschein kam alles Mögliche: Kleider zum Wechseln, Badetücher, Getränke und Ähnliches. Mir fiel ein Stein vom Herzen. Wir legten uns aufs Bett, schmusten und knutschten wie wild herum und waren unendlich scharf.

Ich hatte inzwischen fast verlernt, was Begehren und Leidenschaft bedeuteten. Er zog einen Liebestöter über, und dann der große Moment ... Es war der Hammer, noch nie hatte ich einen Mann zuvor erlebt, der so laute Geräusche von sich gab. Nach dem ersten Liebesakt schlief er für eine Weile in meinen Armen ein. Ich glaube, er fühlte sich geborgen. Als er wieder neue Kraft geschöpft hatte, machten wir weiter. Mehrmals wiederholte sich das Ganze an diesem Abend. Ich war außer Übung und deshalb danach völlig erledigt. Außerdem war ich erstaunt, wo er nur all den Saft hernahm. Tom liebte jedes Pfund an mir, und das waren jede Menge. Über diesen gelungenen Abend haben wir noch lange geredet, es war Leidenschaft pur.

Ich stellte fest, dass ich aus der Bahn geworfen war. Ich hatte mich unsterblich verliebt! Nie könnte ich mit einem Mann ins Bett gehen, ohne ein Minimum an Gefühlen für ihn zu empfinden. Ich realisierte, ich war eine Beziehung ohne Zukunft eingegangen! Doch ich war machtlos, ans Aufhören war nicht mehr zu denken. Er gab mir doch viel Zärtlichkeit und Kraft, mich zu akzeptieren, so wie ich bin. Obwohl ich nach außen recht selbstbewusst wirke, verstecken sich in mir doch einige Komplexe. In seiner Gegenwart aber musste ich mir darüber keine Gedanken machen.

Bis zum nächsten Date haben wir gemailt oder bestenfalls telefoniert. Seine Stimme brachte mich zum Schmelzen. Auflegen konnte ich nie, das musste Tom übernehmen. Dann lud er mich ein in sein kleines Reich. Was auf dem Weg dorthin in mir vorging, ist nicht zu beschreiben. Ich bin bestimmt auch viel zu schnell gefahren. Da sein kleiner Wohnort nicht leicht zu finden war, trafen wir uns auf einem Parkplatz gleich hinter der Autobahnabfahrt. Er war mehr als pünktlich, das schätzte ich sehr an ihm.

In mir wirbelte alles durcheinander, als ich erneut in seinen Armen versank. Ich glaube, das halbe Saarland war mit bunten Schmetterlingen übersät. Auch Tom schien sichtlich nervös. Ich sollte ihm folgen, aber in der Aufregung verwechselte ich dummerweise den Vorwärts- mit dem Rückwärtsgang und wollte einen dicken Stein, der zur Dekoration diente, aus der Verankerung reißen. Eine kleine Beule im Blech war die Folge. Das war zwar ärgerlich, aber ich ließ mir trotzdem dadurch nicht den Tag vermiesen.

Toms kleine, gemütliche Wohnung gefiel mir auf Anhieb. Ich sah mich ein bisschen um und stellte fest, dass er ein ordentlicher und sauberer Typ war. Als meine Neugierde gestillt war, setzten wir uns aufs Sofa, Körperbeherrschung gleich null. Wie wilde Tiere fielen wir übereinander her. So etwas hatte ich tatsächlich noch nie zuvor erlebt. Nach der sogenannten Aufwärmphase verschwanden wir in seinem Bett. Seine Art, mich anzuheizen, war enorm. Unsere Körper waren wie Magnete, wir ließen es geschehen. Was da abging, weiß ich selbst nicht mehr genau, aber es muss wohl heftig gewesen sein, jedenfalls rutschte der Liebestöter ab. Anfangs lachten wir darüber. Wir konnten dieses verdammte Ding einfach nicht finden. Kein Wunder, es hatte sich vorne in meinem „Eingang" versteckt.

Mich beschäftigte die große Frage: Was wäre, wenn? Er versuchte mich zu beruhigen. Aus gesundheitlichen Gründen durfte ich die Pille schon lange nicht mehr nehmen. Mir kam die Idee mit der Pille danach. Von einer Freundin wusste ich, dass man nach einem „Missgeschick" etwa 72 Stunden Zeit hatte. Ich musste bis Montag zittern. Gleich nach der Arbeit ging ich zu der Organisation, die für solche „Unfälle" zuständig ist. Ich bekam zwei Minikapseln, die ich schnellstens einnehmen musste, denn viel Zeit blieb mir nun wirklich nicht mehr. Zwei Wochen danach dann die Erlösung: Ich bekam pünktlich meine Tage. Ob es wegen der Kapseln noch mal gut gegangen war oder vielleicht eh nichts passiert wäre? Dieses Geheimnis kannte nur mein Körper.

Nach diesem Zwischenfall nahmen wir uns vor, besser aufzupassen. Den kleinen Schreck hatte ich schnell vergessen. Andere Probleme machten mir bald zu schaffen. Meine Gefühle fuhren mit mir Achterbahn. Ich stellte fest, dass es immer schwieriger wurde, mich nach einem weiteren schönen Tag von ihm zu trennen. Auf dem Heimweg kullerten nun die Abschiedstränen, die ich in seiner Gegenwart noch hatte zurückhalten können. Das erzählte ich Tom per Mail. Er gab mir zu verstehen, dass er selbst zwischen den Zeilen erkenne, wie ich mich gerade fühle. Wir waren uns gleich sehr vertraut, und nicht nur sexuell. Warum also sollte ich meine Gefühle vor ihm verbergen?

KAPITEL 4

WOLKE SIEBEN BRACH ZUSAMMEN

Ich war erneut bei Tom zu Besuch. Es war gegen elf Uhr morgens. Bevor es gleich wieder zur Sache ging, tranken wir noch eine Tasse Kaffee. Es verging dennoch keine Minute ohne irgendwelche Berührungen. Aber wir führten auch ein ernstes Gespräch. Ich verkündete ihm, mich total in ihn verliebt zu haben. Wie schön wäre es doch gewesen, eine Bestätigung seinerseits zu bekommen. Dem war selbstverständlich nicht so. Er wich diesem Thema bewusst aus, als Antwort kam lediglich: Ja, ich bin auch wahnsinnig verrückt nach dir! Wie er das wohl meinte, stand fest.

Aber es sollte noch viel besser kommen. Eiskalt teilte er mir mit, ich solle ihn im Laufe des Tages für eine Weile entschuldigen, er erwarte ein Telefonat von einer „Freundin". Wie ein Faustschlag ins Gesicht traf mich diese Botschaft. Wer war diese Schlampe, was wollte die von „meinem" Tom? Ich wollte alles auf einmal erfahren, aber vor der Wahrheit hatte ich trotzdem große Angst.

Die Stimmung war gedrückt. Er nahm mich in den Arm, hielt mich fest und versuchte mich abzulenken. Verdrängen kann ich wohl, aber alles hat seine Grenzen. Die hatte er inzwischen überschritten. Er erzählte mir also von dieser Anke, einer guten Bekannten aus der Nachbarschaft, die verheiratet sei. Das beruhigte mich nicht wirklich. Was bedeutet das schon heutzutage? Ich war völlig durcheinander. Aber vielleicht ruft die ja erst an, wenn du weg bist, dachte ich mir. Doch das Schicksal hatte etwas anderes vor, denn natürlich klingelte dieses verdammte Telefon tatsächlich. Wie gejagt rannte Tom hin, entschuldigte sich noch schnell und verschwand in seinem Zimmer.

Ich saß alleine in der Stube und kam mir vor wie eine billige Nutte! Sie werden jetzt fragen, warum ich mich nicht einfach heimlich aus dem Staub gemacht habe. Ich finde darauf keine Antwort, eine Erklärung schon gar nicht.

Nach einer halben Stunde etwa kam er wieder. Sein Gesicht strahlte Zufriedenheit aus. „Mann, war das ein Gespräch!", meinte er. Mir fehlten die Worte. Er hatte mich zutiefst verletzt. Als wäre nichts passiert, setzte er sich zu mir. Ich versuchte ihn zu ignorieren. Er bedankte sich auch noch dafür, dass ich mich so ruhig verhalten hatte. Schließlich durfte Anke von meiner Präsenz nichts mitbekommen. Das war einfach taktlos.

Tom legte seinen Kopf auf meinen Schoß und redete so vor sich hin. Dabei entfuhr ihm ein Satz, der für mich mehr als grausam war: „Ich glaube, ich habe Gefühle für die." Das war offenbar nicht mal aufs Sexuelle beschränkt! Ich brach schlagartig in einen Weinkrampf aus. Dieser Schmerz war viel schlimmer als ein Messerstich ins Herz. Dabei hatte er mir irgendwann mal erklärt, dass er vor vielen Jahren längere Zeit mit einer Frau zusammen gewesen war, die er über alles liebte. Sie hatte ihn verletzt, aber Genaueres weiß ich nicht. Es hatte tiefe Wunden bei ihm hinterlassen, seine Gefühlswelt war von da an nur noch ein einziger Eisblock. Ich hatte Verständnis gezeigt und hätte ihm dennoch mein letztes Hemd geopfert.

Zurück zu diesem grausamen Vorfall. Er bemerkte, was er angerichtet hatte, sprang auf, schrie wie wild drauflos, es tue ihm leid, und entschuldigte sich mehrere Male.

Doch eine unheilbare Wunde war geblieben. Obwohl ich eigentlich nicht wollte, bin ich mit ihm ins Bett gegangen, aber es machte alles andere als Spaß. Der Abschied nahte, und es war doppelt bitter, denn zum normalen Abschiedsschmerz kam jetzt noch der Vorfall mit Anke.

Wolke sieben brach zusammen. Eine Stunde Autofahrt lag vor mir, es war der reinste Horror. Ich heulte die ganze Strecke. Mich überfielen tausend Gedanken in kürzester Zeit. Am meisten beschäftigten mich jedoch die Fragen: Wieso tust du dir das nur an? Wieso machst du nicht einfach Schluss? Hast du das wirklich verdient? Ich fand keine Antwort, eine passende Lösung schon gar nicht. Vieles habe ich nicht mal meinen engsten Freunden erzählt. Wenn man mich vor dieser Geschichte gefragt hätte, ob ich zu so etwas fähig wäre, ich glaube, ich hätte denjenigen für verrückt erklärt. Nur wer ähnliche Situationen schon mal erlebt hat, kann nachvollziehen, was dann in einem Menschen vorgeht. Wie heißt es so schön: Wo die Liebe hinfällt!

Es fand sich eher zufällig doch eine Person, die etwas in der Art schon mal erlebt hatte. Ich rede von Laura, die ich durch Carla kennen gelernt habe. Sie wohnte mir damals direkt gegenüber. Trotz fester Partnerschaft und Kleinkind hatte sie stets ein offenes Ohr für mich. Auch ihr Mann Bastian ist schwer in Ordnung. Wenn Laura und ich mal wieder Frauengespräche führten, hörte er zwar zu, funkte jedoch nie mit irgendwelchen blöden Bemerkungen dazwischen.

Als ich ihr meine Geschichte erzählte, sagte sie, dass sie Ähnliches hatte erleben müssen. Mit dem, was sie mir berichtete, machte sie mir Angst. Auch sie hatte sich in die Sache hineingesteigert und sogar an Selbstmord gedacht. Der Weg zum Therapeuten war unvermeidlich. Er hat ihr geholfen, sie bekam Beruhigungskapseln. Nach langem Kampf fand sie aus dem Teufelskreis heraus. Das haut nur hin, wenn man stark genug ist, an sich selbst arbeitet und vor allem glaubt. Sie verkündete mir, ich sei ebenfalls auf dem besten Weg dorthin. Wegen eines Mannes Depressionen bekommen, das kann nicht sein, dachte ich mir. Doch Laura sollte Recht behalten ...

Wir beide interessierten uns für Spirituelles und alles, was damit verbunden ist. Sie besitzt die Gabe fürs Kartenlegen, reines Hobby, versteht sich. Doch zu diesem Zeitpunkt wollte ich lieber nichts über meine Zukunft erfahren. Die allerwenigsten sollten bemerken, wie schlecht es mir allmählich ging, doch bei Laura konnte ich mich fallen lassen. Es war schließlich meine eigene Schuld, Tom hatte von Anfang an mit offenen Karten gespielt. Wenn da nicht seine Taktlosigkeit gewesen wäre!

Seit ich von Anke wusste, waren meiner Eifersucht keine Grenzen mehr gesetzt. Aus meinen Nachrichten konnte er stets meine Verfassung ablesen. Ich wusste, ich machte es ihm nicht leicht. Schließlich wollte er eine Sexbeziehung, keine Heulbeziehung. Er hatte mir mal klargemacht: Falls er merken würde, dass sich Frauen in ihn verlieben oder, noch schlimmer, gar zu klammern drohen, würde er ohne Bedenken sofort Schluss machen, um solche Probleme wie mit mir zu vermeiden. Warum verstieß er trotzdem gegen seine Prinzipien?

Mein Leben drehte sich bald nur noch um ihn. Alles andere war nicht mehr von Bedeutung. Dabei hatte alles so harmlos angefangen. Ich konnte nicht ahnen, dass es irgendwann eskalieren würde. Bestimmt kennen Sie das auch: ständig aufs Handy starren, auf eine SMS lauern. Dabei konnte ich mich nicht mal beklagen, denn er meldete sich mehrmals am Tag. Oft schaffte ich es nicht, seine Antwort abzuwarten, und schickte ihm gleich die nächste Nachricht.

KAPITEL 5

SEXSUCHT – EINE UNHEIMLICHE LAST

Je öfter wir uns sahen, umso vertrauter wurde er mir. Es ist tatsächlich eine Stärke von mir, anderen zu helfen, vor allen Dingen, es für mich zu behalten. Sogar wenn ich selbst in diesem Moment Probleme habe, lasse ich niemanden im Stich.

So auch Tom. Er vertraute sich niemandem an, oder war er extrem vorsichtig? Jedenfalls befreite er sich nach und nach von seiner großen Last, die er schon jahrelang mit sich herumschleppte. Er gab mir zu verstehen, dass er krank sei, besser gesagt, sexsüchtig! Obwohl ich darauf nicht vorbereitet war, hörte ich dennoch aufmerksam zu. Ich lernte ihn besser verstehen, eine Entschuldigung für sein Verhalten ist das dennoch nicht. Mir wurde klar, was seine damalige Freundin angerichtet hatte. Er begann sich an allen anderen Frauen zu rächen. Leider gehörte ich nun auch dazu. Anfangs suchte er sicherlich nur die Bestätigung in ihnen, wollte immer mehr Opfer an Land ziehen, bis er irgendwann die Kontrolle über sich selbst und seinen Körper verloren hatte. Seine Gefühle waren definitiv zerstört. Auch was er für Anke empfand, war nicht von langer Dauer. Er baute eine Schutzmauer um sich herum, durch die kein Tor zu seinem Innern führte.

Wir kannten uns noch nicht lange, aber er hatte absolutes Vertrauen zu mir. Das passiert mir des Öfteren, bei ihm aber war es mir besonders wichtig. Er war schließlich der Mensch, den ich über alles liebte. Auch für Tom muss es eine Erleichterung gewesen sein, sich geoutet zu haben, obwohl das Problem damit nicht gelöst war. Sicherlich hatten wir auch an diesem Tag heißen Sex, aber das Gespräch war, besonders für ihn, mindestens genauso wichtig.

Zu Hause angekommen, dachte ich noch mal über alles nach. Ich wollte ihm helfen, dabei war ich doch selbst mit dieser Situation völlig überfordert. Er bedankte sich am Tag danach für mein „Verständnis", vor allem fürs Zuhören. Trotzdem fühlte er sich nicht wohl in seiner Haut. Deutlich gab er mir zu verstehen, dass ich für so eine Beziehung viel zu schade sei. Ein gutmütiger, hilfsbereiter Mensch wie ich habe so etwas nicht verdient.

Ich hatte nur ein Ziel vor Augen: Mit meiner Kraft, mit meiner Hilfe könnte er es vielleicht schaffen, seine Sucht zu bekämpfen und ein normales Leben zu führen.

Wie sagte einmal eine Freundin zu mir: Menschen, die anderen unbedingt helfen wollen, brauchen selbst dringend Hilfe. Sie hatte verdammt Recht. Toms Sucht beschäftigte mich sehr, aber unternommen habe ich zunächst nichts. Wahrscheinlich weil ich auf diesem Gebiet absolut keine Erfahrungen hatte. Oder machte ich mir vor, er würde es auch ohne Therapie schaffen? Und was bitte genau ist „Sexsucht"? Ein Tabuthema in unserer Gesellschaft? Äußerst selten findet man einen Bericht darüber. Die Dunkelziffer ist bestimmt enorm, weil diese Menschen sich für ihre Sucht schämen! Dabei ist es eine Sucht wie jede andere auch: Drogen, Spielsucht, Alkohol. Es gibt für alles eine Lösung, man muss es nur wollen. Irgendwo kam mir ein Spruch zu Ohren, der optimal hierher passt: Es ist keine Schande, krank zu sein, es ist eine Schande, nichts dagegen zu tun!

KAPITEL 6

WEIHNACHTEN, DAS FEST DER EINSAMKEIT

Toms Hobby war ihm sehr wichtig, und dafür zeigte ich von Anfang an Verständnis. Na ja, ich versuchte es zumindest. Nach mehrmaligen Treffen dachte ich, dass es doch gar nicht so schlimm war mit Musikproben und Auftritten. Doch dabei sollte es nicht bleiben.

Kurz vor seinem Geburtstag verkündete er mir, dass ich ihn wohl für ein paar Wochen entbehren müsse. Ein paar Wochen? Mich traf der Schlag! In dem Moment konnte ich nicht mehr klar denken. Totale Leere herrschte in mir. Ständig bekam meine Verfassung einen neuen Stoß, in welcher Form auch immer.

Eine Tour mit der Band ins Ausland stand also bevor, für zwei Wochen! Aber warum musste ich noch viel länger auf ihn verzichten? Er versuchte mir zu erklären, dass es sich nicht um Straßenmusikanten handele, denn vor der Abfahrt müsse noch ordentlich geprobt werden. Damit hatte ich natürlich nicht gerechnet. Bei allem „Verständnis" versuchte ich trotzdem ein Date zu verabreden, aber ohne Erfolg. Fragen beschäftigten mich: Will er nicht oder kann er tatsächlich nicht? Fand er für andere (Anke) Zeit? Alles Negative kränkte mich zutiefst und immer mehr. Das sollte sich nie ändern, wir lebten beide schließlich in unterschiedlichen Welten! Zudem vergaß ich öfters, dass sein Leben nicht nur aus mir bestand, auch wenn ich dies heimlich erhoffte.

Eine Woche vor der geplanten Abfahrt (es war auch noch kurz vor Weihnachten!) hatte Tom Geburtstag (er war Schütze). Ich wollte ihm auf alle Fälle eine Freude bereiten, zögerte nicht lange und besorgte ihm ein Parfum. Wie einfallsreich, werden Sie jetzt denken, aber das hatte seinen Grund. Ich habe dieses Parfum nämlich selbst immer benutzt, und er schnüffelte an mir herum und war fasziniert von dem Duft. Wieso ihm dann etwas anderes schenken?

Da keine Möglichkeit mehr bestand, Tom zu sehen, musste ich es ihm schicken. Eine süße Karte fand sich auch schnell. Ich legte beides in einen Karton, und ab ging die Post. Einen Tag früher als geplant erhielt er das Päckchen. Klar freute er sich sehr und schickte mir eine SMS: „Hallo Süße, WIE GEHT ES DIR? Danke für dein tolles Geschenk und die liebe Karte. Dicker Kuss, Tom!" Mir blieb nichts anderes übrig, als mich über die paar Zeilen zu freuen.

Die Höhen und Tiefen der Gefühle sind schwierig zu beschreiben. Es kann innerhalb weniger Sekunden von einem Extrem ins andere fallen. Eine SMS zum Beispiel konnte mich derart erfreuen, dass ich fast ausflippte. Je nachdem, was darin stand, war ich aber genauso schnell am Boden zerstört. Dieses Wechselbad der Gefühle verschlimmerte sich rapide. Ich bemerkte, ich wurde immer abhängiger vom Inhalt seiner SMS, von seinen Bekundungen, seinem Benehmen, ach, halt einfach von IHM.

Der Tag X stand schneller, als mir lieb war, vor der Tür. Ich wusste, in ein paar Stunden würden sie abfahren, die

Distanz zwischen uns würde noch größer werden. Wieder ein neuer Grund, noch trauriger zu sein. Die Jungs waren mit ihrem Auto unterwegs, das machte mir Angst. Es war doch Winter und das Wetter unberechenbar. Tom respektierte zwar meine Besorgnis, aber dennoch war es ihm irgendwie unangenehm.

Nach vielen Stunden die erlösende Nachricht: Sie waren gut angekommen. Dieser Druck war erst mal bekämpft. Da aber meiner Phantasie keine Grenzen gesetzt waren, fand ich recht schnell etwas anderes, was mich belasten sollte. Trotz Zeitmangels würde ihn seine Sucht auch drüben nicht verschonen, die war viel stärker als sein Verstand. Seine Auftritte nahm er sehr ernst, ja, aber irgendwo dazwischen fand sich bestimmt ein bisschen Zeit – das waren meine Gedanken. Danach gefragt habe ich ihn nie, zu viel Angst hatte ich vor seiner Antwort, besser gesagt, vor der Wahrheit! Und warum musste er auch noch über Weihnachten weg sein? Es war schrecklich, ich habe viel geweint. Einkaufen entpuppte sich für mich als Horror, überall diese dämliche Musik über Frieden, Freude, Eierkuchen, dann noch all dieser Glitzerkram. Mir fielen die Pärchen auf, wie verliebt sie doch waren oder zumindest zu sein schienen. Ich war es doch auch, aber dennoch allein!

In meiner Verzweiflung habe ich mich, glaube ich, zum ersten Mal meiner Mutti anvertraut, was diese Geschichte betraf. Dabei wollte ich sie mit meiner unglücklichen Beziehung nicht belasten. Ihr saß doch noch der Schreck in den Gliedern, dass mein Ex und ich uns endgültig getrennt hatten. Sie gab mir zu verstehen, dass ich mich auf so etwas nie hätte einlassen sollen. Wer kennt mich wohl besser als meine eigene Mutter? Ich schätze mal, niemand!

Anfangs schien ich das Ganze seelisch zu verkraften oder nahm es mir wenigstens vor, steigerte mich aber leider zu sehr hinein. Meine Mutter machte mir trotzdem keine Vorwürfe und versuchte mir zu helfen. Ja, in ihrer Gegenwart fühlte ich mich wohl.

An eine Szene im Einkaufszentrum erinnere ich mich nur ungern. Es passierte genau das, wovor ich solche Angst hatte. Mutti stand beim Weihnachtszubehör. Obwohl ich eigentlich nicht wollte, begleitete ich sie. Die Gedanken, die mir dabei durch den Kopf gingen, waren unbeschreiblich: Einsamkeit, große Sehnsucht und dergleichen. „Ich muss weg hier", sagte ich zu ihr, doch zu spät. Unkontrolliert schossen mir die Tränen in die Augen. Ich fühlte mich von allen beobachtet, obwohl es wahrscheinlich gar nicht so war. Es interessierte mich auch nicht wirklich. Ich wollte nur eins: weg von diesem ganzen Kram.

Später trafen Mutti und ich uns wieder. Ihr war offenbar klar, was passiert sein musste. Sie gab mir zu verstehen, dass man manchmal genau das tun muss, wovor man Angst hat. Das hatte ich ja auch, aber der Schuss war nach hinten losgegangen.

Sie hatte noch Einkäufe zu erledigen, aber in einem anderen Laden. Den Wunsch, sie zu begleiten, musste ich ihr (ausnahmsweise) abschlagen, ich war fix und fertig. Ich wollte nur noch nach Hause. Mutti respektierte das. Nicht schwer zu erraten, was dann passierte. Schon bald stand meine ganze Wohnung unter Wasser von all den Tränen!

Das Tor zu den Depressionen hatte ich ein Stück weiter geöffnet. Es gab zwar auch Tage, an denen ich mich besser fühlte, die wurden allerdings immer seltener.

Einmal saß ich mit meiner Freundin Claudia während der Mittagspause in einem Restaurant. Tom schickte mir eine SMS, er habe ein wenig Zeit gefunden, um shoppen zu gehen. Daraufhin antwortete ich ihm, er solle mir etwas Schönes mitbringen, aber gedacht habe ich mir dabei eigentlich nichts. Er reagierte sofort: „Hab dir soeben was gekauft, du bist mir das wert, weil du mir WAS gibst, das ich dringend brauche, dickes Bussi, Tom." Endlich ein Grund zur Freude, dieser Tag war gerettet. Selbst Claudia war begeistert. Ich wurde neugierig. Was er mir wohl besorgt hatte? Würde er ins Fettnäpfchen treten, zumal er mich nicht so gut kannte? Allein das Gefühl, dass er mich nicht vergessen hatte, war mehr als beruhigend.

Nach einer Woche Abwesenheit telefonierten wir dann endlich. Ich war so aufgeregt! Bis zum verabredeten Zeitpunkt schien es noch ewig zu dauern, dabei hörte ich „nur" seine Stimme! Es wurde ein schönes Gespräch. Es schien, als ob er mich ein bisschen vermisste. Oder hoffte ich das bloß? Tom war im Dauerstress, ihm blieb kaum Zeit, an seinen Alltag zu denken. Ein großer Vorteil, im Gegensatz zu mir. Mich quälten Gedanken wie, ob er Anke wohl auch vermisste. Aber das gelungene Telefonat ließ mich solche Überlegungen verdrängen.

Am nächsten Morgen bekam ich eine Nachricht von Tom, wieder etwas Positives: „Hallo Mausi, die Generalprobe ist zu Ende, bald geht's los mit dem ersten Auftritt. War schön, gestern deine Stimme zu hören. Bleib so, wie du bist, Süße. Gruß und Kuss, Tom". Ich war überglücklich, ein Fünkchen Hoffnung kam in mir hoch, obwohl das sicherlich nicht berechtigt war.

Wie bereits erwähnt, war meine Stimmung abhängig vom Inhalt seiner Nachrichten oder dem, was er sagte. Jetzt musste ich nur noch Weihnachten seelisch überstehen. Es wurde nicht ganz so tragisch wie befürchtet. Der Tag seiner Rückkehr rückte endlich näher. Dazwischen lag „nur" noch Silvester. Normalerweise verbrachte ich diesen Abend immer mit der Familie, aber dieses Jahr ging ich mit Carla auf Tour. In meine Stammdisco, wohin auch sonst? Abwechslung und Ablenkung erhoffte ich mir davon. Aber es war enttäuschend, keine besondere Dekoration, nichts dergleichen, nur der Eintrittspreis war dem Abend angepasst. Ich fühlte mich nicht wohl, genau hier wurde die Sehnsucht noch stärker, denn genau hier hatte ich meinen Tom kennen gelernt. Selbst unter vielen Leuten war ich doch so einsam. Pausenlos starrte ich wieder aufs Handy.

Dass sich Carla langweilte, fiel mir natürlich gar nicht auf, zu sehr war ich auf Tom fixiert. Gegen Mitternacht wurde ich dann zappelig. Ob er sich pünktlich melden würde? Ja, das tat er, sogar einige Minuten zu früh. Ich freute mich sehr. Gegen zwei Uhr fuhren wir beide dann (endlich!) nach Hause. Zu später Stunde habe ich dann noch Nachrichten an Freunde und Bekannte verschickt, dabei hätte ich den Rest der Welt fast vergessen ... Irgendwann bin ich ins Bett gegangen in der Hoffnung, dass das neue Jahr es besser mit mir meint.

KAPITEL 7

NEUES JAHR – NEUE HOFFNUNG

Zu Beginn des neuen Jahres gab es jede Menge zu erledigen. Die Scheidung war definitiv eingereicht, damit verbunden waren lästige Formalitäten. Max und ich hatten uns beziehungsmäßig nichts mehr zu sagen, für den Rest klappte es allmählich wieder besser, obschon ich ihn des Öfteren sehr verletzt hatte. Nun stand uns bloß noch der ganze Papierkram bevor. Einen Anwalt benötigten wir nicht. Warum auch, wir hatten unter uns schon alles geklärt. Ein Notar reichte in diesem Fall völlig aus. Die Wohnung, die wir einige Jahre zuvor zusammen gekauft hatten, übernahm ich. Alles lief problemlos. An die Worte des Notars erinnere ich mich gerne: „Was macht ihr beide nur hier?" Vermutlich hatte der gute Mann überwiegend mit Streithähnen zu tun. Bis zum ersten Gerichtstermin mussten wir uns noch ein bisschen gedulden.

Ein Wiedersehen mit Tom stand auch bereits fest. Mich erwarteten bis dahin aber noch unzählige schlaflose Nächte. Endlich wieder meinen Schatz umarmen, für den ich die Feiertage über so bitterlich geweint hatte. Alles kam mir vor wie ein Traum. Dieser sollte bald Wirklichkeit werden.

Zuvor führte ich noch eine „Schönheits-OP" an mir aus. Na ja, nicht ganz. Ein kleiner Unfall im Büro halt: Ich wollte zu den Akten, hielt ein Formular in der Hand, auf dessen Nummer ich völlig fixiert war, und bemerkte dabei nicht, dass jemand vergessen haben musste, die oberste Schublade (aus Metall) zu schließen. Ich rannte mit dem rechten Auge voll dagegen. Ich war leicht benommen, es blutete sogar ein bisschen. Ist ja wohl offensichtlich, was daraus entstand: ein dickes blaues Auge! Das war zu Wochenbeginn, und am kommenden Wochenende sollte ich Tom treffen. Per Mail warnte ich ihn vor, falls er mich nicht wiedererkennen sollte. War noch mal gut gegangen, wie schon so oft, dem Auge war nichts Ernsthaftes passiert.

Mein qualvolles Warten hatte dann endlich ein Ende. Ich war auf dem Weg zu Tom, völlig aufgeregt, wie immer. Er öffnete die Tür, wir fielen uns in die Arme. Zwar musterte er mein „Meisterwerk", meinte aber nur: Macht nix, du bist trotzdem wunderschön! Ich war total happy. Anschließend erwartete mich mein Geschenk. Er holte ein schmales, langes Kästchen hervor, eingepackt, versteht sich. Aufgeregt öffnete ich es, und zum Vorschein kam eine schöne klassische Damenuhr. Mir fehlten einfach die Worte, ich war überwältigt. Gedanken überfielen mich: Wieso schenkt er dir so was? Er liebt dich doch gar nicht.

Lange Zeit zum Nachdenken hatte ich dann aber nicht mehr, denn es gab jede Menge „Arbeit"! Ich trug mit Absicht ein enges Top. Da ich mehr als gut ausgestattet bin, wurde er gleich scharf wie eine Rasierklinge. Und wieder überfiel uns Leidenschaft pur. Mehrmals, versteht sich. Wie oft er „es" an einem Tag schaffte, bleibt mein Geheimnis, glauben würde mir sowieso keiner! So viel zum Thema Sexsucht: Ich konnte von mir behaupten, inzwischen gut ausgebildet zu sein, aber mitzuhalten war mir doch unmöglich.

Einen größeren Zwischenfall gab es an dem besagten Tag nicht zu beklagen, nur eine „Kleinigkeit". Vor unserem Abschied bat ich ihn um ein Date in der Disco, wo wir uns einst kennen gelernt hatten. Seine Antwort war absolut taktlos: „Nee, Freitag geht nicht, hab schon einen Termin!" Es war ihm peinlich, aber sich von seinem Vorhaben abhalten lassen? Niemals!

Und wieder lag eine lange, feuchte Reise vor mir, verbunden mit quälenden Gedanken: Warum spielst du immer noch mit? Kann denn Liebe so stark sein? Oder bist du süchtig nach ihm, weil er es ist? Tiefer und tiefer rutschte ich in diesen Teufelskreis hinein, ein Ende nicht in Sicht. Mich hätte niemand zur Vernunft gebracht, niemand.

Was ich am folgenden Freitag durchmachen musste, können Sie nur erahnen. Diese Gedanken: mit wem er sich wohl trifft, ob sie das Gleiche tun wie wir beide? Hat er mit der genauso viel Spaß wie mit mir? Wie viele hat er noch, außer dieser Anke? Es waren scheußliche Vorstellungen! Ich saß in einem tiefen Loch, ohne zu wissen, dass man mir noch viele weitere gegraben hatte. Ich musste wohl oder übel damit klarkommen.

Etwas anderes beschäftigte mich zu der Zeit. Ich dachte über bessere Verhütung nach. Die Pille durfte ich aus gesundheitlichen Gründen schon lange nicht mehr nehmen. Nach langem Überlegen fand ich eine Möglichkeit. Ich vereinbarte schnellstens einen Termin beim Frauenarzt und ließ mir meine Idee mit der Spirale etwas genauer erklären. Ja, das passte, es gab keine Bedenken. Mit großer

Mühe setzte der Arzt sie mir ein. Die Kosten übernahm ich ganz alleine, Tom hatte eh nicht viel Geld.

Auf den ersten „Test" musste mein neues „Ding" etwas warten. Wegen Karneval fand Tom mal wieder keine Zeit für mich. Wie hat mein Paps mal gesagt: „Dann nimmt er eine aus der Nachbarschaft, geht schneller!" Obwohl er auf taube Ohren stieß, hatte er bestimmt Recht.

Ich glaube noch nicht erwähnt zu haben, dass ich stets den Drang verspürte, Tom zu beschenken. Ihn plagte auf die Dauer ein schlechtes Gewissen. Vielleicht war es genau das, was ich mir wünschte? Oder wollte ich ihm damit beweisen: Siehst du, egal wo ich hingehe, denke ich immer (nur) an dich! Ich weiß es nicht.

Er war ein komplizierter Mensch. Obwohl er sich bemühte, ehrlich und „korrekt" zu sein, litt ich vor allen Dingen sehr unter seiner Taktlosigkeit. Klar, auch ich habe meine Macken, wer nicht? Niemand ist perfekt. Wären die Menschen nicht so verschieden, gäbe es nichts zu entdecken und auch nichts zu bemängeln. So ganz interessant dürfte das auch nicht sein, oder?

Zurück zum Karneval. Als Kind habe ich mich dafür schon nicht begeistern können, und seit ich Tom kannte, noch weniger. Aber jedem das Seine. Nach erneuter vierwöchiger Abstinenz kam er diesmal zu mir. Zufällig an einem Valentinstag. Ich bezweifelte, dass ich ihm ausgerechnet zu jenem Anlass etwas schenken sollte. Wir waren kein Liebespaar, also entschloss ich mich, nichts zu unternehmen.

Genau dieser Entschluss brachte mich in eine peinliche Situation. Sie werden erraten, was jetzt kommt: Tom hatte mir nämlich etwas mitgebracht. Erneut kam ein (kleineres)

Kästchen zum Vorschein, eine silberne Kette mit einem kleinen Kreuz. War das peinlich. Ich war so glücklich. Er verstand mein Argument, warum er leer ausging, und nahm es mir nicht übel. Ich konnte jedoch nicht verstehen, dass man(n) eine Frau beschenkt, die man nicht liebt. In mir erwachte (logischerweise) eine neue Hoffnung.

Alles, was ich von ihm bekam, war mir heilig. So auch seine Uhr, die ich immer trug und auf die ich stets gut aufgepasst habe. Vor dem Duschen legte ich sie jedes Mal ab, denn sie schien mir nicht wasserdicht zu sein, dafür wirkte sie zu klassisch.

Aber die meisten „Unfälle" passieren bekanntlich im Haushalt. Ich war in der Küche mit Spülen beschäftigt, und durch meine Unachtsamkeit „ertränkte" ich die Uhr. In diesem Moment hätte ich mir am liebsten die Kugel gegeben. Ich geriet in Panik, und mich überkamen wahnsinnige Wut und Entsetzen. Es war kurz vor Ladenschluss. Ich fuhr trotzdem noch schnell los, zu einem Juwelier. Ich hatte Glück im Unglück, die gute Frau bediente mich noch. Ich erzählte ihr meine traurige Geschichte, ich glaube, sie hatte echtes Mitgefühl. Zumal sie bemerkte, was diese Uhr mir bedeutete. Sicherlich gibt es auch nur wenige Kunden, die mit Tränen in den Augen aufkreuzen.

Die Dame machte mir wenig Hoffnung, das „Herz" der Uhr war zu sehr beschädigt. Eine mehrstündige Therapie unter einer speziellen Wärmelampe sollte über das Schicksal entscheiden. Die Dame notierte sich einige Angaben von mir, dann verließ ich den Laden wieder. Anschließend fuhr ich zu meinen Eltern. Die waren entsetzt über mein Aussehen, ohne zu wissen, was passiert war. Ein Todesfall, hätte man fast vermuten können.

Am nächsten Morgen dann der Anruf, auf den ich sehnlichst gewartet hatte. Die „Wiederbelebung" hatte geklappt. Freudentränen kullerten über meine Wangen, und ich fuhr sofort nach Dienstschluss hin. Die Reparatur kostete mich keinen Cent! Ich war überglücklich, und nach endlosen Diskussionen nahm die Verkäuferin (heimlich) mein deftiges Trinkgeld an.

Erst danach habe ich Tom von meinem Missgeschick erzählt. Er reagierte ganz gelassen: „Die Geschichte mit der Uhr hat mir gefallen, das zeigt, wie viel Herz du hast." Die Freude war jedoch nicht von langer Dauer. Schon nach wenigen Tagen war die Uhr wieder kaputt. Ich bin nicht mehr ganz so doll ausgeflippt, brachte sie dennoch zurück. Ein Innenteil musste ersetzt werden, die Kosten dafür waren diesmal ziemlich hoch. Vermutlich hätte ich für das Geld auch eine neue gekriegt, aber die wäre ja nicht von ihm gewesen ... Ein paar Monate ging alles gut, dann blieb ihr Herz für immer stehen. Heute dient sie lediglich als Dekoration, entsorgt habe ich sie nie! Tja, wer zu viel Gefühl investiert, macht sich total verrückt, wer (fast) gar keins hat, ist auch nicht unbedingt zu beneiden.

Tom fand endlich mehr Zeit für mich, wir sahen uns fast alle zwei Wochen. Es war zufrieden stellend. Seit Valentinstag trafen wir uns nur noch bei mir. Meine „Luxusvilla", wie er zu sagen pflegte, bot viel mehr Platz, und ich wurde nicht mehr mit seinen lästigen Telefonaten gestresst. Sein Handy hatte er stets bei sich, Anrufe bekam er jedoch keine.

Unser Sexualleben glich immer mehr einer einzigen Vergewaltigung. Durch den seelischen Stress hatte ich inzwischen ein paar Kilo weniger, sehr zu seinem Leid. Nach seinem Eintreffen schafften wir es manchmal, noch schnell ein Tässchen Kaffee zu trinken, aber selbst das war fast unmöglich. Er brauchte sehr viel Liebe, stundenlang lagen wir auf der „Spielwiese", mit kleineren Pausen dazwischen, versteht sich. Zärtlichkeiten und Gespräche blieben nicht auf der Strecke. Ja, es war ein Geben und Nehmen. Doch jedes Mal endete ein noch so schöner Tag in einer Tragödie – durch meine (berechtigte) Eifersucht.

Wie bereits erwähnt, bekam er keine Telefonate mehr, dafür aber SMS von irgendwelchen „Schlampen" (sorry). Überwiegend von dieser Anke, die mir ein Dorn im Auge war. Sie wusste zwar nichts von mir, weil er ihr was vormachte, aber ich hasste sie trotzdem! Sie wohnte in seiner Nachbarschaft. Ein Grund mehr, seinen „guten Ruf" nicht zu verlieren. Er schämte sich nicht mal für das, was er mit ihr anstellte. Obwohl sie eine Nebenbuhlerin war, tat sie mir doch manchmal ein bisschen leid.

Aber irgendwann platzte mir der Kragen. Pausenlos dieses Gebimmel in seiner Hosentasche. Daraufhin behauptete er, es sei sein gutes Recht, SMS zu bekommen und auf diese zu antworten. Bis die Situation eines Tages eskalierte. Ich stürzte mich auf ihn, wollte ihm dieses verdammte Ding aus der Hand reißen. Ich hatte in meiner tobenden Eifersucht die Kontrolle über mich selbst verloren. Das nahm er mir sehr, sehr übel. Konnte oder wollte er mich nicht verstehen? Ich schätze mal, beides trifft zu.

Versetzen Sie sich in meine Lage: Ihr Partner (auch wenn es „nur" der Liebhaber ist) sitzt neben Ihnen und tauscht Nachrichten mit anderen Frauen. Sicherlich würden Sie ihn schnellstens vor die Tür setzen, behaupten Sie jetzt, oder? Wenn das mal so einfach wäre! Jedes Mal endete das Ganze in einem Weinkrampf meinerseits. Dann tat es Tom leid, und er entschuldigte sich dafür. Beim nächsten Mal hatte er es wohl wieder vergessen ...

Lange Zeit änderte sich gar nichts, jeder noch so kleine Zwischenfall zog mich noch tiefer in den Sumpf. Ich war entsetzt über mich selbst, über mein ganzes Verhalten. Ich kannte mich selbst nicht mehr wieder. Noch nie zuvor hatte ich einem Mann so aus der Hand gefressen, noch nie konnte mich jemand derart für dumm verkaufen. Also schrieb ich ihm eine SMS, die ihn nachdenklich machen sollte. Ich würde den Weg für Anke + Co freimachen. Meine allerletzte Kraft hätte mich verlassen.

Ja, er war entsetzt und schlug mir vor, das am Abend telefonisch zu regeln. Gesagt, getan. Aber meine Entscheidung stand fest, es sollte kein Zurück mehr geben. Na ja, bis ... bis ich seine Stimme hörte! Er erzählte mir, die Nachricht habe ihn traurig gestimmt, und er habe sich auf die Arbeit nicht wirklich konzentrieren können. Vermutlich erzählte er mir erneut, was ich hören wollte.

Es kam, wie es kommen musste, ich gab schon wieder nach! Diese (Co-)Abhängigkeit ihm gegenüber kann man nicht erklären, wahrscheinlich als Außenstehender überhaupt nicht verstehen. Ich MUSSTE unbedingt (!) mehr über SEXSUCHT erfahren!

KAPITEL 8

WENN SEX SÜCHTIG MACHT (KORNELIUS ROTH)

Mittlerweile waren wir schon einige Monate „zusammen". Trotz meiner Naivität würde ich behaupten, dass wir eine ganz besondere Sexbeziehung führten. Unsere Gespräche wurden intensiver. Nach und nach öffnete Tom sich mir gegenüber ein Stückchen mehr. Endlich hatte er eine Vertrauensperson gefunden, dabei war er doch verdammt vorsichtig. Einen Kumpel seines Geschlechts gab es nicht, alles nur Saufkumpane, mit denen er nie über Probleme gesprochen hätte, allein aus Angst, verspottet zu werden.

Lange Zeit vor mir hatte er regelmäßig eine Therapeutin besucht, mit der er über alles reden konnte. Doch eine private Vertrauensperson ist noch etwas anderes.

Es gab zwei Jahreszeiten, die er wegen seiner Sucht hasste, weil sie ihm das Leben schwer machten: Frühjahr und Sommer! Die Frauen laufen halbnackt durch die Gegend. Aber warum interessierten ihn wirklich nur Mollige? Er meinte dazu, die seien selbstbewusster, starke Frauen halt. Nach längerem Überlegen entwickelte ich eine Vermutung: Vielleicht suchte er in ihnen das, was er selbst nicht ist: stark! Meine Theorie fand er gar nicht mal so schlecht. Was hat das mit „Sexsucht" zu tun, werden Sie jetzt denken.

In einer Frauenzeitschrift fand ich zum passenden Moment einen großen Artikel darüber. In dessen Inhalt spiegelte sich Toms Leben wider. Solche Menschen hatten überwiegend in der Kindheit wenig Achtung erfahren (vielleicht gar keine?), andere mussten sich als Versager durchs Leben kämpfen. Irgendwann wollen genau diese Menschen Macht über andere gewinnen, um zu beweisen, dass sie doch etwas können. Zum Beispiel suchen sie Bestätigung bei Frauen, so wie Tom. Auch eine oder mehrere zerbrochene Beziehungen können dazu führen, sich an anderen Menschen rächen zu wollen. Das kann tatsächlich so weit gehen, dass die Betroffenen ohne Bestätigung nicht mehr leben können und es langsam, aber sicher zu einer schleichenden Sucht wird. Sie wissen, dass das, was sie tun, falsch ist, doch ihr Trieb schaltet den Verstand (falls vorhanden) völlig aus.

Bei Tom trafen mehr oder weniger alle Punkte zu, darauf komme ich später zurück. Mein Mutter-Teresa-Syndrom (der Drang, anderen zu helfen) wurde immer stärker. Ich wollte es schaffen, koste es, was es wolle.

Den ersten Anhaltspunkt hatte ich nun. Doch das war mir nicht genug, ich stöberte im Internet herum und wurde fündig. Ich besorgte mir das Buch „Wenn Sex süchtig macht" von Kornelius Roth. Das brachte definitiv mehr Licht ins Dunkle. Ich war fähig, Tom Dinge zu erklären, die ihm bis dato selbst nicht bewusst waren. Auch Kontaktadressen gibt es in dem Buch jede Menge, sowohl für Süchtige als auch deren Co-Abhängige. Letztere sind Menschen wie ich (ich war ja mindestens genauso abhängig von ihm wie er von seiner Sucht). Wir haben immer öfter über dieses Tabuthema geredet, und er fühlte sich jedes Mal erleichtert. Dennoch war es schwer für mich, ihn zu verstehen. Er hatte sich und sein Leben längst nicht mehr im Griff, zu sehr steuerte ihn sein kleines „Ding". Ich musste etwas unternehmen.

Nachdem ich das Buch gründlich studiert hatte, schrieb ich ohne Toms Wissen an eine der dort abgedruckten Adressen. Den verzweifelten Brief möchte ich Ihnen auf keinen Fall vorenthalten:

LIEBES TEAM,

ICH WENDE MICH AN SIE, WEIL ICH (35) TOTAL VERZWEIFELT BIN. ICH LEBE DERZEIT IN SCHEIDUNG, HABE VOR EIN PAAR MONATEN EINEN SEHR NETTEN MANN (41) KENNEN GELERNT, DER AUF ANHIEB EHRLICH ZU MIR WAR. ER HAT MIR VORGESCHLAGEN, „NUR" EINE SEXBEZIEHUNG MIT IHM ZU FÜHREN, WEIL ER EINE FESTE BINDUNG NICHT EINGEHEN KANN ODER WILL. ICH HABE MICH DARAUF EINGELASSEN, SEHR SCHNELL ABER HABE ICH MICH IN DEN MANN VERLIEBT. ER WEISS VON MEINEN TIEFEN GEFÜHLEN, WEIL WIR BEIDE STETS EHRLICH MITEINANDER UMGEHEN. ER KOMMT AUCH IRGENDWIE (!) DAMIT KLAR. ICH HABE DAS BUCH „WENN SEX SÜCHTIG MACHT" GELESEN UND DABEI VIELE PUNKTE IN MIR RESP. IN IHM WIEDERERKANNT. ALS DER BETREFFENDE KIND ODER JUNGER MANN WAR, VERLANGTE SEIN VATER, DASS SEIN SOHN (ER HAT NOCH WEITERE GESCHWISTER) ETWAS BESONDERES ERREICHEN

MUSS. GAB ES FEHLSCHLÄGE, SO BEKAM ER ES ZU SPÜREN, EIN ECHTER VERSAGER ZU SEIN. ERST ALS ER VOR VIELEN JAHREN EINEN FESTEN JOB BEKAM, VERBESSERTE SICH DIE LAGE EIN BISSCHEN. ER HAT HEUTE NOCH ANGST VOR SEINEM VATER UND FÜHLT SICH NICHT BESONDERS WOHL IN SEINER GEGENWART. SEINE MUTTER, SO SCHEINT ES MIR, IST EINE GUTMÜTIGERE PERSON. ER BETREIBT AUSSERDEM EIN HOBBY, DAS ER ÜBER ALLES LIEBT. ER IST MUSIKER IN EINER BAND. VOR VIELEN JAHREN GLAUBTE ER, DIE GROSSE LIEBE GEFUNDEN ZU HABEN. DIES ERWIES SICH ALLERDINGS NACH ZWEI JAHREN ALS FEHLSCHLAG. DA DURCHLEBTE ER DIE HÖLLE AUF ERDEN. DIE FRAU BEDEUTETE IHM SEHR VIEL, UND ER BRAUCHTE EIN JAHR, UM ES ZU VERDRÄNGEN. MIT HILFE SEINER MUTTER KONNTE ER ES SCHLIESSLICH BESSER VERARBEITEN. SEITDEM LÄSST ER KEINE GEFÜHLE MEHR AUFKOMMEN, AUS ANGST, DIES NOCH MAL ERLEBEN ZU MÜSSEN. NACH DIESER ZERBROCHENEN BEZIEHUNG IST ER NUR NOCH VON EINER FRAU ZUR ANDEREN GERANNT UND GLAUBT, DASS DAS SEINE ERFÜLLUNG SEIN MUSS. ICH BIN (KOMISCHERWEISE?) SEINE EINZIGE PERSON (AUSSER DER THERAPEUTIN), ZU DER ER TOTALES VERTRAUEN AUFGEBAUT HAT. ER SAGT, ER FÜHLE SICH BEI MIR SEHR WOHL, AUCH FREI UND ENTSPANNT. ZUDEM GIBT ER SOGAR ZU, WIR KÖNNTEN EIN OPTIMALES PAAR SEIN, WENN DIESE SUCHT NICHT STÄRKER WÄRE ALS VIELLEICHT SEIN HEIMLICHES VERLANGEN NACH LIEBE UND

GEBORGENHEIT. ER GIBT ZU, MICH SEHR ZU MÖ-GEN, LIEBEN JEDOCH KANN ER (MICH) NICHT. BEI UNS STIMMT (FAST) ALLES, DAS SEXUELLE SOWIE DIE MENSCHLICHE EBENE. BLEIBT NOCH ZU ER-WÄHNEN, DASS ER AN JEDEM WOCHENENDE SEINE SEXSUCHT ZUSÄTZLICH MIT ALKOHOL AUFBAUEN „MUSS", UM DANN UNGEHEMMT SEI-NEM JAGDTRIEB NACHZUGEHEN. SIE WERDEN WOHL VERSTEHEN, DASS DIES ALLES MIR VER-DAMMT WEH TUT. MANCHMAL VERMERKE ICH DOCH AUS SEINEN AUSSAGEN HERAUS BEDAU-ERN, VERZWEIFLUNG, HILFERUFE. ICH WEISS AUCH, DASS ER NOCH EINE (?) SEXBEZIEHUNG FÜHRT, AUCH ONE-NIGHT-STANDS STEHEN AUF DER TAGESORDNUNG. WIE GESAGT, ICH LEIDE SCHRECKLICH UNTER DIESER SITUATION, HABE MANCHMAL KEINE KRAFT MEHR, ABER MEINE LIEBE ZU IHM MACHT MICH DANN WIEDER STARK. ICH GEBE NICHT AUF, WEIL ICH GLAUBE/ HOFFE, DASS IHM GEHOLFEN WERDEN KANN. ER WEISS, DASS ES SO NICHT WEITERGEHEN KANN. LIEBES TEAM, ICH HOFFE SIE AUSREICHEND ÜBER DIESE PERSON INFORMIERT ZU HABEN. OBWOHL ICH AUS LUXEMBURG KOMME: BITTE HELFEN SIE MIR/UNS. DER BETROFFENE WOHNT IN DEUTSCH-LAND. ICH GRÜSSE SIE HERZLICHST, HOFFE AUF EINE REAKTION IHRERSEITS, VERBLEIBE MIT BESTEM DANK!

Mit einer Antwort hatte ich nicht wirklich gerechnet, doch es kam ganz anders. Ungefähr eine Woche später

fand ich ein mittelgroßes Päckchen in meinem Brief-
kasten. Ich schaute gleich auf den Absender und traute
meinen Augen nicht! Aufgeregt öffnete ich es. Darin befanden sich mehrere Broschüren und ein Brief von der
Leiterin dieser Selbsthilfegruppe. Mein Bericht habe sie
sehr berührt, stand darin. Und niemand benötige drin-
gender Hilfe als ich selbst. Etwas verwirrt darüber war
ich schon und dachte mir: Jetzt soll ich auf einmal krank
sein? Co-abhängig war ich wohl, das war mir längst klar,
aber krank?

Nachdem ich mich etwas beruhigt hatte, las ich alles
in Ruhe durch. Dann beschäftigte mich eine Frage, auf
die ich in keiner der Broschüren Antwort fand: Kann ich
nicht mit Tom zusammen eine solche Selbsthilfegruppe
aufsuchen? Ich griff gleich zum Telefon und setzte mich
mit der Leiterin in Verbindung. Als ich nur meinen Namen erwähnte, wusste sie sogleich, mit wem sie es zu tun
hatte. Ich war völlig überrascht. Meine Geschichte hatte
sie sehr stark berührt, obwohl sie doch ständig mit solchen
Dingen konfrontiert wird.

Auf meine Frage bekam ich allerdings eine negative
Antwort. Sie erklärte mir, jeder von uns beiden müsse
zu sich selbst finden, auf getrenntem Wege, versteht sich.
An meiner Stimme erkannte sie, wie überfordert ich mit
der Situation war. Am wichtigsten sei es, dass in erster
Linie mir geholfen werde. Sie berichtete mir von ähn-
lichen Fällen, wozu solche Menschen (Sexsüchtige) in der
Lage sind. Sie fordern Dinge von ihren „Partnern", die
zum Teil sehr abartig sein können. Tatsächlich konnte
ich das bestätigen. Er verlangte einen Dreier (er mit zwei
Frauen). Aber ich habe wohl richtig reagiert und ihm

damals geantwortet: „Such dir deine Schlampen dafür selbst aus!" In den meisten Fällen gehen Co-Abhängige auf solche Wünsche ein, aus Angst, den anderen zu verlieren.

Das Telefonat mit der Leiterin, einer äußerst netten und sympathischen Person, war für mich extrem wichtig, da niemand mich besser verstehen konnte als sie. Sie gab mir Ratschläge mit auf den (endlosen?) Weg und wünschte mir Glück. Diese „Gruppe" habe ich auf Grund der Entfernung nie besucht, denn ich hätte regelmäßig hinfahren müssen.

Beim nächsten Besuch las ich Tom den von mir geschriebenen Brief vor. Er war fasziniert über seinen Inhalt und die Art und Weise, wie ich es notiert hatte. Auch darüber, dass ich nichts vergessen hatte, was irgendwie wichtig war. Es berührte ihn sehr stark, und ein paar Tränen kullerten auf sein Hemd. Doch er schämte sich nicht dafür. Er war stundenlang nicht ansprechbar, seine Gedanken kreisten ständig um den Brief.

Seine gesamte Reaktion erfreute mich. Im Laufe des Tages sagte er dann zu mir: „Schick ihn ab!" Er war sichtlich überrascht, als ich ihm mitteilte, dass ich das längst getan und inzwischen sogar eine Antwort bekommen hatte. Er schien entschlossen und wollte sich helfen lassen!

Ich schilderte ihm den gesamten Ablauf und klärte ihn zunächst über sich selbst auf. Er gehörte zu der Gruppe „Sexaholiker", Menschen, die ihren aussichtslosen Trieb zusätzlich mit Alkohol antörnen. Sie fühlen sich weniger gehemmt, und ihre Jagd wird damit etwas erleichtert. Zudem kommt eine Sucht selten allein, meist wird sie von einer weiteren begleitet. Er war sehr verwundert, was ich inzwischen darüber wusste. Ja, es interessierte ihn, endlich neue Hoffnung! Was er zu dem Zeitpunkt nicht wusste: Eine für ihn passende Therapie konnte Monate dauern. Damit hatte er nicht gerechnet. Ihn beschäftigten Fragen: Was erzähle ich meinem Arbeitgeber? Verliere ich meinen Job? Das konnte ich doch auch nicht so genau wissen. Informationen über Diskretion und dergleichen beschaffte er sich schließlich dann doch nicht. Es blieb bei leeren Versprechungen. Der Traum einer Heilung war schnell geplatzt.

Eine Enttäuschung nach der anderen, diese war besonders heftig, aber dennoch, mein Teufelskreis war noch längst nicht beendet!

KAPITEL 9

SCHLEICHEND VERLOR ICH MEINE IDENTITÄT

Nachdem mein Vorhaben (mal wieder!) gescheitert war und ich das Duell mit Abstand verloren hatte, litt ich an jedem Wochenende, an dem Tom nicht bei mir war, immer mehr. Besonders der Freitagabend wurde für mich zu einem wahren Albtraum. Mich mit in die Disco zu nehmen stand längst nicht mehr zur Debatte. Warum auch? Er hatte mich doch fest erobert. Jahrelang war ich an vielen Wochenenden dorthin gegangen, aber seit ich ihn kannte, zog ich mich freiwillig zurück. Es war Freiheitsberaubung, die ich mir selbst antat! Der Hauptgrund dafür war Angst, ihn mit einer anderen zu erwischen. Auch deswegen stritten wir immer öfter. Ich bedrängte (seine Formulierung) ihn mit Terminen. Ich hätte kein Recht dazu, er sei schließlich ein *freier* Mensch. Ich gab nicht auf, fragte ihn (aussichtslos) immer wieder aufs Neue. Mit etwas „Glück" antwortete er mir: „Ja, demnächst nehme ich dich mit!" – Was natürlich so viel bedeutete wie: Vergiss es doch gleich!

Solche Vorfälle machten mich sehr traurig, und ich weinte stundenlang. Tausend Gedanken: Findet er ein neues Spielzeug? Oder geht er zur Abwechslung mal leer aus? (Was ich logischerweise hoffte.)

Anfangs habe ich einen großen Fehler gemacht. Um meine Trauer (allein) besser zu verarbeiten, blieb ich fast das ganze Wochenende zu Hause. Das war völlig falsch. Ich wäre vermutlich irgendwann in die Klapsmühle gekommen, hätte ich so weitergemacht. Ich musste raus, etwas unternehmen, auch wenn meine Verfassung es nicht zuließ. Mein Lachen und meine Lebensfreude hatten sich in Luft aufgelöst.

Meine Mitmenschen kamen damit mindestens so schlecht klar wie ich selbst. Mein guter Kumpel und Arbeitskollege Udo, ein sehr sensibler Typ, litt förmlich mit mir. Ändern konnte er nichts, er hätte es sicherlich gerne getan! Ganz besonders Laura, der man am wenigsten vormachen konnte, prophezeite mir, genauso wie sie vor vielen Jahren den Weg in den Abgrund eingeschlagen zu haben. Mir wurde allmählich bewusst, wie ich mich verändert hatte. ICH VERLOR SCHLEICHEND MEINE IDENTITÄT.

Nur meine Arbeit im Büro erledigte ich noch problemlos. Dort blieb mir nicht ganz so viel Zeit zum Überlegen wie zu Hause oder sonst wo. Es gab auch Tage, an denen ich zwischendurch mal auf dem Klo verschwand ...

Kaum in meinen eigenen vier Wänden, begann der Horror wieder: auf dem Sofa hocken, an die Decke glotzen, dieser ewige Blick aufs Handy! Mich überkam Selbstmitleid, und ich fragte mich des Öfteren: Was ist nur aus dir geworden? Es blieb dabei, gegensteuern konnte ich nicht.

Die allerwenigsten Menschen können diese Phase nachvollziehen. Nur wer Ähnliches erlebt hat, wird ein bisschen Verständnis aufbringen. Dir ist klar, dass das, was du machst, völlig falsch ist, du immer tiefer absackst, dennoch schaffst du es nicht, dein Verhalten zu ändern. Du lebst von einem Tag auf den anderen. Was dich morgen erwartet, interessiert dich ganz und gar nicht.

Laura machte mir klar, dass die Alarmglocken läuteten. Ich müsste unbedingt zu einem Therapeuten! Mit diesem Gedanken konnte ich mich nicht anfreunden. Einem wildfremden Menschen mein Leid erzählen? Auf mich einreden nützt nichts, ich muss meine Entscheidungen aus freien Stücken treffen. Bin ein kleiner Sturkopf, muss ich zugeben.

Tom wusste ganz genau, wie ich am Wochenende litt. Er machte sich „Sorgen", aber nur so weit, dass er nicht über seinen eigenen Schatten springen musste. Er fand eine Notlösung: Um sein Gewissen zu beruhigen und mir gleichzeitig eine kleine „Freude" zu bereiten, versüßte er meinen Frust und schickte mir mitten in der Nacht eine SMS. Ein paar liebe Worte, schon war ich wieder im siebten Himmel!

Depressionen sind schwierig zu erklären. Die kleinste Geste kann dich hoch erfreuen, der winzigste Zwischenfall zieht dich um das Doppelte wieder nach unten. Ein Wechselbad der Gefühle, unbeschreiblich. In einem gewissen Moment überkommt dich Euphorie, wenige Minuten danach absolute Leere.

Ich wollte ein bisschen ändern und wagte mich nach und nach unter die Leute. Ich nahm Kontakt mit meiner Kusine Julia auf. Wir trafen uns regelmäßig, fanden sogar ein Lokal, wo ich mit Schlagermusik auf meine Kosten kam. Trotzdem, kein Ort der Welt konnte denjenigen ersetzen, wo ich „eigentlich" hin wollte! Nirgendwo kam ich zur Ruhe, die grausigen Vorstellungen und Gedanken hatten auch dort neben mir Platz genommen. Dabei wollte ich das doch gar nicht! Ich ließ kein männliches Wesen zu nah an mich ran, ich war doch schon „versprochen"! Ich bekam viele Komplimente, obschon ich recht mollig bin. Auch ich entwickelte mich immer mehr zu einem Eisblock. Manchmal gelang es mir, den Abend zu genießen, aber nur durch die Vorfreude, am frühen Morgen eine SMS von Tom zu erhalten. Bekam ich mal keine, konnte man mich für den Rest des Wochenendes vergessen.

Wer darunter leiden musste, war meine Mutti, mit der ich samstags immer einen Ausflug machte (es sei denn, Tom war bei mir). Sie ist sehr religiös, eigentlich der einzige Punkt, wo wir nicht wirklich miteinander klarkommen. Aber ansonsten ist sie ein äußerst gutmütiger, verständnisvoller Mensch. Ich kann behaupten, sie ist Mutter und Freundin zugleich! Spirituelles interessiert uns beide sehr.

Vor vielen Jahren bemerkte sie zufällig, dass ihr ein unentdecktes Talent mit in die Wiege gelegt wurde. Ihr damaliger Hund war altersbedingt sehr krank. Sie hob ihn samt Körbchen auf den Küchentisch und hielt ohne gezieltes Vorhaben einfach die Hände über ihn. Nach einiger Zeit reagierte der Hund enorm auf die Wärme, die (heilenden?) Kräfte, die sie ihm schenkte. Er gab zufriedene Geräusche von sich. Dabei war er kurz zuvor mehr tot als lebendig gewesen. Er versuchte aufzustehen. Meine Mutter verstand die Welt nicht mehr. Es ging ihm eine ganze Weile viel besser, bis seine Uhr dann definitiv abgelaufen war. Sie machte sich Gedanken. Würden ihre „Heilkräfte" auch bei Menschen funktionieren?

Zu diesem Zeitpunkt war auch ich gesundheitlich etwas angeschlagen. Mich plagte eine angebliche Schleimbeutelentzündung im Knie, die ohne Erfolg von Ärzten behandelt wurde. Ich hatte nichts zu verlieren und stellte mich meiner

Mutter als „Versuchskaninchen" zur Verfügung. Unfassbar, schon am nächsten Tag ging es mir wesentlich besser.

So kam es, dass sie mehr und mehr Erfahrung auf diesem Gebiet sammelte und später sogar ihre eigenen Stammkunden hatte, allerdings auf freiwilliger Basis, denn Geld wollte sie für ihre Dienste auf keinen Fall.

Ich überlegte, ob Mutti nicht ... ja, genau, meinem Tom helfen könnte? Meine Eltern hatten ihn bis dahin noch nicht kennen gelernt, doch das sollte sich bald ändern. Tom war ein recht schwieriger „Kunde" für sie, seine sämtlichen Energiezentren (Chakras – es gibt deren sieben) waren völlig verschlossen. War das eine Erklärung für sein gesamtes Verhalten? Auch das System, das für Motivation oder Ähnliches zuständig war, war blockiert. Es waren mehrere „Therapien" notwendig, um einen kleinen Erfolg zu erlangen. Es erwies sich als schwierig, denn die Ursache seiner Probleme (Sexsucht, Mobbing in der Firma) konnte nicht wirklich behoben werden, da diese immer wieder aufs Neue auftauchten. Und dabei hatte ich mir so sehr eine Besserung gewünscht!

Ich musste mich damit abfinden, dass auch das nicht wirklich etwas gebracht hatte, eine weitere Enttäuschung für mich. Mir blieben nur zwei Möglichkeiten: ihn so zu akzeptieren, wie er ist, oder ...

Letzteres kam natürlich nicht in Frage. Zugegeben, es gab seltene Momente, in denen ich dachte: Du hast es doch gut, du brauchst niemandem Rechenschaft abzuliefern, wo du hingehst, mit wem, wann du wiederkommst ... Vor allem, wenn ich von anderen hörte, die haben sich wieder gefetzt, andere haben sich getrennt. Ja, das spendete mir ein bisschen Trost.

Aber dennoch, Probleme gewinnen stets die Oberhand, und die wenigen positiven Dinge werden damit schnell in den Hintergrund getrieben. Ich verstand nicht, wieso er nur so lange bei mir blieb wie unbedingt notwendig. Er kam am frühen Morgen gegen neun und war im Laufe des Nachmittags wieder weg. An eine Übernachtung war nicht zu denken. Alles Betteln und Flehen half nichts. Es war ziemlich bizarr, stundenlang dieselbe Person um ihn herum war ihm auf Dauer zu viel. Dafür hatte ich keinerlei Verständnis. Er musste ja nicht gleich mit der Zahnbürste zu mir kommen! Meiner Meinung nach kann es doch nicht so schwierig sein, einen Menschen, den man mag, auch mal etwas länger zu „ertragen". Er war in gewisser Weise ein Einzelgänger. Wir waren uns so vertraut und doch so fremd.

Mich an seinem Leben intensiver teilnehmen zu lassen, das ließ er erst gar nicht zu. Wie gerne hätte ich eines der Konzerte besucht! Ausreden fand er jede Menge, er könne sich dann nicht konzentrieren und so einen Mist! Die Wahrheit lautete ganz anders: Es wäre aus seiner Sicht Freiheitsberaubung gewesen, sonst gar nichts. Bestimmt hatte er jeweils am Ende noch eine Menge vor! Er war in meinen Augen ein kleiner unnahbarer Star. Als Entschädigung schenkte er mir eine CD von der Band. Auch über einen Ausflug ins Grüne hätte ich mich sehr gefreut, aber nicht mal das konnte er mir erfüllen. Ein gemütliches Essen in einem Restaurant gab es auch ziemlich selten. Die Beziehung verlief unter dem Motto: Vogel, friss oder stirb! Sterben wollte ich nicht …

Freunde sagten oft zu mir, dass er die Frau an seiner Seite nicht zu schätzen wüsste. Mag ja sein, aber er hatte schließlich keine Partnerin gesucht!

Ich habe dieses Buch geschrieben, um alles (überwiegend) Negative besser zu verarbeiten. Ich würde aber nie von Tom behaupten, er sei ein schlechter Mensch gewesen. Es sind halt zwei Welten aufeinandergeprallt, die nicht zusammengepasst haben.

Seine positiven Seiten werde ich Ihnen nicht vorenthalten. Ein großes Plus war seine PÜNKTLICHKEIT. Er war überwiegend ZUVERLÄSSIG, bis auf wenige Ausnahmen. ANSTAND hatte er sicherlich auch, beschenkte mich, selbst wenn kein Anlass bestand. Kinderüberraschungen bekam ich jede Menge. Fragte ich nach dem Grund dafür, hieß es: „Weil du so lieb zu mir bist." In gewisser Weise war er MITFÜHLEND. Je länger die Beziehung anhielt, umso trauriger wurden für mich die Abschiede. Manchmal weinte ich schon, selbst wenn er noch bei mir war, nur bei dem Gedanken daran, dass er bald wieder geht. Heimlich wischte er sich ab und zu die Tränen ab, wollte es mir jedoch nicht zeigen. Meine Gefühlsausbrüche verletzten ihn sehr, und irgendwann wurde es für ihn eine wahre Last. Ich mag es, wenn man DIREKT UND SPONTAN ist. Mit vielen Aussagen konnte er mich positiv überraschen, die meisten jedoch schlugen die negative Richtung ein. MOTIVATION war auch seine Stärke: Hatte er sich mal etwas vorgenommen, wurde es auch in die Tat umgesetzt (mit dem Rauchen aufzuhören, in der Musik immer besser zu werden). Das und einiges mehr waren seine guten Seiten, und das sollte ich doch auch erwähnen, oder?

Ich bin sogar überzeugt, Tom wäre kein schlechter Partner gewesen, hätte er sein Leben besser im Griff gehabt. Aber das WAS–WÄRE–WENN bringt mich auch nicht weiter, also bleibe ich lieber auf dem Teppich. Ich musste schließlich in der Gegenwart leben, eine Zukunft gab es nicht.

Nicht mal in den Karten, die Laura mir irgendwann legte. Der Reiz war doch zu groß, um es mir entgehen zu lassen. Das, was sie in den Karten erkennt, ist unabhängig von dem, was sie bereits über jemanden weiß. Ich muss schon sagen, ich war sehr aufgeregt. Laura verteilte die Karten auf dem Tisch. Mit so vielen unterschiedlichen Bildern konnte ich gar nichts anfangen. Natürlich schaute ich sie mit erwartungsvollen Augen an, in der Hoffnung, etwas Positives zu hören. Dem war nicht so. Sie erkannte meine kaputte Seele und machte sich ernsthafte Sorgen.

Auch die Karte von Anke lag irgendwann vor mir, dabei habe ich Laura nie von ihr erzählt. Sie warf noch einen Blick tiefer hinein und sah, dass meine Nebenbuhlerin verheiratet ist und ein Kind hat. Für Tom wäre sie bereit, sich scheiden zu lassen. Ich konnte nur staunen! Des Weiteren teilte sie mir mit, dass Anke ihn genauso liebte wie ich auch. Diese Bestätigung tat weh, dabei war das so sicher wie das Amen in der Kirche.

Laura fand noch andere Karten, viele weibliche Wesen, die allerdings weit im Hintergrund standen, also nicht von großer Bedeutung waren. Die einzige positive Nachricht: Er mochte mich anscheinend ganz besonders, auf seine Art und Weise halt. Eine Sucht glaubte sie zu erkennen, nur wusste sie nicht, in welche Richtung diese ging. Zum Schluss sah sie Dinge, die mich zu dem Zeitpunkt gar nicht interessierten. Ich würde jemanden kennen lernen, der mich wirklich lieben würde. Was glauben Sie, wie egal mir dieser Jemand damals war? Ich hatte doch Tom.

Meine Beziehung zu ihm könne ich maximal ein Jahr durchstehen, doch mit dieser Prognose hatte Laura sich ausnahmsweise vertan.

Nach dieser Aktion war sie völlig erledigt, zum Teil sogar verwirrt. So etwas fordert höchste Konzentration. Auch tat sie es nur ungern, wegen der damit verbundenen Aussichten. Ich ließ mir das Ganze über Nacht durch den Kopf gehen, die Wirkung kam erst am Tag danach. Ich war sehr traurig und etwas durcheinander.

Laura verfügt noch über andere bizarre Fähigkeiten. Sie kann sich auf wildfremde Menschen fixieren (nur wenn diese interessant auf sie wirken) und deren schwierige Vergangenheit erkennen. Ungewollt, sie kann es nicht erklären. Eine Geschichte hat sie mir mal darüber erzählt. Sie war mit Freundinnen unterwegs. Eine ihr unbekannte Person gesellte sich irgendwann dazu, eine Bekannte der anderen. Diese hatte etwas Interessantes zu verbergen. Lauras „Röntgenblick" muss ziemlich peinlich gewesen sein, denn die Erwähnte sprach sie darauf an. Nach langem Hin und Her rückte sie gezwungenermaßen mit der Sprache heraus. Es war verblüffend, tatsächlich hatte Laura Recht mit dem, was sie herausgefunden hatte. Die große Unbekannte war in einem Heim aufgewachsen.

Beide waren überwältigt, noch nie zuvor konnte Laura sich je ein derart konkretes Bild von Fremden machen. Sie bekam fast Angst vor sich selbst bzw. vor ihren Fähigkeiten. Dieses Ereignis hatte ihr einen Schreck versetzt, und nie wieder hat sie sich auf fremde Menschen konzentriert!

Was Tom und mich betraf: Ohne dass ich es wusste, stand diese Anke immer mehr zwischen uns beiden. Ich habe ihn ohnehin viel zu selten gesehen, und dann wurde ich auch noch mit den SMS konfrontiert, die sie ihm schrieb, wenn er denn mal bei mir war. Ich durchlebte die Hölle auf Erden. Ich gab ihm zu verstehen, dass ich in meiner Wohnung meine Ruhe haben wollte. Seine Antwort war immer die gleiche: „Ich bin ein freier Mensch!" Dass dieser „FREIE MENSCH" mich damit sehr verletzte, interessierte ihn eher weniger. Er setzte mich unter Druck, indem er meinte, es bestünde die „Gefahr", dass sie vielleicht anrufe, würde er ihr nicht antworten. Ich hatte mal wieder die Qual der Wahl!

Eine Szene werde ich nie vergessen. Ein Familienmitglied von Anke war gestorben. Sie sei sehr traurig und müsse als Trost unbedingt Toms Stimme hören. Ich war entsetzt. Ein Verstorbener wurde dazu benutzt, einen Grund zu finden, mit ihm zu telefonieren. Da platzte mir der Kragen, und ich drohte, ihn rauszuschmeißen, würde dieses Telefonat stattfinden. Auch noch Anrufe in meiner Wohnung, das ging definitiv zu weit! So weit ist es dann doch nicht gekommen, denn er rief sie nicht an. Aber bei solchen Szenen wäre ich froh gewesen, wenn niemand dieses blöde Handy erfunden hätte. Und außerdem kann man diese dämlichen Dinger doch abstellen!

Da war noch die Geschichte mit dem Schlüssel. Tom muss wohl lange überlegt haben, was er wohl machen könnte, damit ich von all dem nichts mitbekomme. Dabei habe ich mich gefragt: Für wie blöd hält der mich? Ich bemerkte, dass er nach jedem Surren in seiner Hosentasche (er hatte das Handy mittlerweile auf lautlos umgestellt) ins Badezimmer verschwand und die Tür abschloss. Erst als ich mir ganz sicher war, fragte ich ihn: „Und, hast du deine Nachrichten schön brav verschickt?" Sein Grinsen verriet ihn, ohne dass er etwas sagen musste. Daraufhin wollte ich noch cleverer sein, als er es zu sein schien, und entfernte beim nächsten Mal den Schlüssel. Als er dessen Fehlen bemerkte, begann der Kampf der Giganten. Es war heftig, wir haben uns ganz schön gefetzt. Er nannte es „Freiheitsberaubung". Und wieder musste ich mich geschlagen geben, war fix und fertig und habe geweint wie ein kleines Kind.

In diesem Moment entfuhr ihm ein Satz, der mich mehr betäubte als eine ganze Packung Valium: „Ich hab dich so lieb, was mache ich ohne dich?" Das waren ganz neue Töne. Erneut verwirrte er mich völlig, aber erreichte genau das, was er wollte. Die Stimmung veränderte sich zum Positiven. Er hatte es wieder mal geschafft, mich zu beruhigen. Der Versöhnungssex im Anschluss glich einem „Überfallkommando".

In meiner Vergangenheit war in diesem Bereich alles sanfter verlaufen, etwas anderes hätte ich vermutlich gar nicht gewollt. Doch wir beide waren wie wilde Tiere. War ich ihm auch deswegen hörig? Ich glaube, er war für mich so wichtig wie die Spritze für den Drogenabhängigen! Ein krasses Beispiel, aber durchaus vergleichbar.

Aber auch für Tom war es eine besondere Sexbeziehung. Er konnte selbst nicht verstehen, dass er nach so vielen Monaten noch derart scharf auf mich war. Ich fühlte mich geschmeichelt. Es muss nicht immer Kamasutra sein!

Unabhängig von seinen anderen Bettgeschichten verstand ich selbst manchmal nicht, wo ich nur all diese Geduld hernahm. Er versuchte an seinem Taktgefühl zu arbeiten, und nach langen, überflüssigen Streitereien wurde ich dann endlich nicht mehr mit den SMS anderer Frauen belästigt. Falls er doch mal welche bekam, schaffte er es, seine Neugierde zu bremsen, und verschwand auch nicht mehr im Bad. Wenigstens etwas hatte ich erreicht! Er hat mal zu mir gesagt: „Von dir kann man(n) noch viel lernen." Wie Recht er damit hatte. Und er gab sich große Mühe, mich in der Form nicht mehr zu kränken.

Um ihm zu imponieren, hörte ich ihm sogar zu, wenn er Probleme mit Anke hatte. Sie werden jetzt denken: Wie kann man nur? Ich muss zugeben, seelisch ertrug ich das auf Dauer natürlich nicht, er musste irgendwann alleine damit klarkommen. Zu wissen, dass eine andere mindestens genauso verrückt nach ihm war wie ich selbst, forderte eiserne Toleranz. Oder wie könnte man das nennen?

Viele, viele „Kleinigkeiten" trugen dazu bei, dass meine Depressionen immer schlimmer wurden. Ich freute mich wochenlang auf seinen Besuch, um ihn nach ein paar Stunden wieder loslassen zu müssen. Ein Hund, den man an der Autobahn aussetzt, fühlt sich nicht viel erbärmlicher!

Ja, alles verschlimmerte sich wahnsinnig schnell. Anfangs sah ich „es" ziemlich locker, anschließend weinte ich „nur", wenn er weg war. Danach standen feuchte Abschiedstränen auf der Tagesordnung. Es ging so weit, dass ich in seiner Gegenwart bereits heulte bei dem Gedanken daran, bald wieder alleine zu sein. Er war für mich definitiv die GROSSE LIEBE. Max sagte irgendwann zu mir: „Wie kannst du jemanden lieben, der dich nicht liebt?" Darauf habe ich bis heute keine Antwort gefunden.

Für Tom kann es auch nicht einfach gewesen sein. Weil er den Anblick nicht mehr ertragen konnte, verließ er fluchtartig meine Wohnung. Ich empfand dann nur noch eine schreckliche Leere. In jedem Raum erinnerte mich irgendetwas daran, dass er eben noch hier war. Ein zerwühltes Bett, brennende Kerzen auf dem Nachttisch. Im Abfalleimer jede Menge Taschentücher. Im Bad benutzte Waschlappen und seine Zahnbürste, die er erst gar nicht mehr mitnahm. In der Küche schmutziges Geschirr, auf dem Wohnzimmertisch leere Dosen, Brotkrümel. Vor allem aber blieb für ein Weilchen sein ganz persönlicher Duft.

Obwohl ich ein ordnungsbewusster Mensch bin, war dann ans Aufräumen vorerst nicht zu denken. Mein kaputter seelischer Zustand hinderte mich daran. Die „Uhr", die meinem Funktionieren dienen sollte, blieb für mehrere Stunden einfach stehen.

Meine Trauer konnte ich am besten im Bett verarbeiten. Fast immer weinte ich mich in den Schlaf, besser gesagt, ich weinte in der Hoffnung, irgendwann einzuschlafen. Mit etwas Glück erhielt ich nach einer knappen Stunde noch eine SMS von ihm in der Art: „Bin gleich daheim, meine Süße, war wieder sehr schön, Kuss!" Dann fühlte ich mich etwas besser. Dennoch, die auffressende Sehnsucht war stärker als die eben erhaltene Nachricht.

Meistens verschwand ich samstags am späten Nachmittag im Bett und hoffte erst am Sonntagmorgen wieder aufzuwachen. Wenigstens musste ich die paar Stunden nicht am Leben teilnehmen, das ohnehin für mich absolut sinnlos war. Wenn ich die Beziehung schon nicht beenden wollte, musste ich halt in der Form weiterleben. Es war ein enormer Druck, ich konnte nicht ewig mit roten, geschwollenen Augen vor die Tür treten. Ich musste lernen, ein guter Schauspieler zu werden, denn je nachdem, wo ich hinging, wollte ich nicht, dass man mir etwas ansieht. Ja, für ein paar Stunden schaffte ich es tatsächlich, mich zu fangen, aber wehe, ich war wieder allein zu Hause. Nicht unbedingt motivierend, wenn dort niemand auf dich wartet. Die Einsamkeit machte mir sehr zu schaffen, ich musste etwas ändern ...

KAPITEL 10

KLEINER TIGER NAMENS BONNIE

Ich war schon immer ein großer Tierfreund. Ab einem gewissen Alter bin ich mit Hunden aufgewachsen. Da ich jetzt berufstätig bin, kam ein Hund für mich leider nicht in Frage. Na ja, ganz ohne bin ich doch nicht. An jedem Wochenende kommt Whiskey zu Besuch (den hatten Max und ich uns angeschafft, einige Jahre vor der Scheidung). Ich überlegte mir, ob eine Katze zu mir passen würde. Ich hatte anfangs meine Bedenken. Auf zerkratzte Möbel und Wände konnte ich gerne verzichten. Da ich aber sowieso kein junges Tier haben wollte, blieben diese Probleme vielleicht aus, dachte ich mir. Für ein solches benötigt man sehr viel Zeit, und die hatte ich eh nicht. Ohnehin sind ausgewachsene und ältere Tiere schwer vermittelbar.

Über eine Arbeitskollegin setzte ich mich mit dem Tierschutz in Verbindung. Es schien, als ob die gute Frau mir nichts anzubieten hätte, was meinen Vorstellungen entsprach. Das Gespräch war schon fast beendet, da kam etwas zögernd doch noch ein Vorschlag. Sie berichtete von einem armen Wesen (fünf Jahre alt), das man in einer verlassenen Gegend aufgefunden hatte. Sie schwärmte mir vor, diese Katze sei völlig zahm, ruhig und sehr anhänglich. Außerdem war sie mehrmals in Zeitungen abgebildet gewesen, aber niemand wollte sie haben. Altersbedingt, schätze ich mal. Ich sehe das anders, genau solche Wesen haben eine weitere Chance verdient!

Bis zu meinem Sommerurlaub waren es noch gerade mal vier Wochen. Das Telefonat sollte mir lediglich als Information dienen, doch die Dame vom Tierschutz machte mir den Vorschlag, direkt mal vorbeizuschauen. Das mit dem Urlaub wäre sicherlich kein Problem. Falls die Chemie zwischen mir und der Katze stimmen würde, könnte ich sie gleich mitnehmen.

Bei solchen Entscheidungen bin ich ziemlich unselbstständig und brauche eine Bestätigung von anderen. Dieser „andere" war Max. Vermutlich hatte ich eine Vorahnung, denn eine Transportbox nahm ich auch gleich mit. Man kann ja nie wissen.

Viele traurige Wesen kamen auf uns zu, jedes hatte sein eigenes Schicksal zu beklagen. So auch BONNIE, die man wahrscheinlich einfach ausgesetzt hatte. Sie war tatsächlich so zahm wie versprochen, nur etwas ängstlich halt. Max und ich verstanden uns ohne Worte: „Die ist es!" Das Geld, das die Dame vom Tierheim für Bonnie verlangte, reichte sicherlich nicht mal aus, um die bis dahin entstandenen Unkosten zu decken.

Zu Hause angekommen, wartete bereits alles, was sie so benötigte, auf Bonnie. Wir hatten zuvor alles besorgt, falls ich ein passendes Tier finden sollte. Als Erstes zeigte ich Bonnie das Katzenklo, und sie hatte gleich verstanden. Danach sah sie sich neugierig in der Wohnung um. In der Küche dann der erste Zwischenstopp. Mein dunkelgrauer Tiger hatte schon Hunger. Etwas verwundert war ich darüber schon, hatte sie so schnell Vertrauen zu mir? Dem war tatsächlich so, von Ängsten keine Spur.

Sie aß alles auf, was ich ihr vorsetzte. Ich war mächtig stolz auf Bonnie.

In der ersten Nacht rechnete ich mit kleineren Zwischenfällen. Wieder wurde ich positiv überrascht. Ganz brav schlief sie bei mir im Bett. Ich musste leider sehr früh raus, der eigentliche Grund, warum ich bis nach meinem Urlaub warten wollte. Mit einem schlechten Gewissen verließ ich die Wohnung und fuhr zur Arbeit. Endlich mal andere Gedanken im Kopf, verbunden mit einer neuen Verantwortung. Den ganzen Tag über fragte ich mich im Büro, was mich zu Hause wohl erwarten würde. Gardinen hatte ich zu der Zeit keine, aber ob mein Sofa oder die Wände wohl „interessant" für die Katze waren? Oder vielleicht hatte sie etwas umgestoßen, eine Vase, irgendwelche Figuren?

Ich war froh, als meine Schicht beendet war und ich nach dem Rechten sehen konnte. Hinter der Wohnungstür lauerte Bonnie bereits und freute sich, dass ich wieder da war. Ich machte einen Rundgang, und alles war in bester Ordnung. Das hätte ich nun wirklich nicht gedacht. Ein optimales Haustier, total lieb, sehr anhänglich, zahm, brav und ziemlich schlau. Aber verdammt stur! Wenn ihr etwas nicht passt, dann macht sie ihre „Geschäfte" dort, wo sie es für angebracht hält. Aber mit Bonnie habe ich genau das gefunden, wonach ich suchte: einen vierbeinigen Seelenklempner. Dieses Tier zu adoptieren war mit Sicherheit eine der wenigen richtigen Entscheidungen, die ich in meinem Leben getroffen habe. Ich werde im Verlauf des Buches noch öfters auf sie zurückkommen.

KAPITEL 11

ES WAR SOMMER

Im achten Kapitel habe ich bereits kurz darüber berichtet: der Sommer, nach dem Frühling Toms meistgehasste Jahreszeit. Nicht wegen der Hitze, nein, wegen der Frauen, die halbnackt durch die Gegend rennen. Er genoss wohl die Anblicke, aber seiner Phantasie waren keine Grenzen gesetzt. In seinem Kopf herrschte nur noch Chaos. Es nahm ihm jegliche Konzentration, sei es bei der Arbeit oder sonst wo. In solchen Momenten machte ihm seine Sucht schwer zu schaffen. Klar, die meisten Männer reagieren ähnlich wie er, nur dass diese wieder auf den Boden der Tatsachen zurückfinden, wenn sie das Objekt der Begierde aus den Augen verloren haben.

Bei Tom war das anders, er wurde regelrecht von seinem Trieb gesteuert. Er war meistens froh, wenn er es bis nach Hause schaffte. Ins Schwimmbad traute er sich trotzdem, das habe ich nie verstanden. Er glaubte sich doch so weit im Griff zu haben. Wie peinlich wäre das gewesen ...

Sein größtes Problem: Es wurde immer schwieriger, bei jüngeren Frauen zu landen, schließlich war er keine 20 mehr. Aus meiner Sicht allerdings war er im besten Alter, aber die jungen Dinger sahen das vermutlich anders.

Einmal habe ich ihn gefragt, wie er sich das Leben in zehn Jahren vorstellt, wenn er nicht mehr so attraktiv ist.

Darüber würde er besser nicht nachdenken, war seine Antwort. Vielleicht holte ihn auch eine Krankheit ein, wer weiß das schon? Selbst mit dem Rollstuhl hätte ich ihn damals geschoben, wenn es hätte sein müssen! Dazu meinte er lächelnd: „Wer seinen Tommy liebt, der schiebt!"

Was den Sommer betrifft, hatte nicht nur er Probleme, auch ich als Co-Abhängige. Mir war klar, dass er überall und zu jeder Zeit mit halbnackten Frauen konfrontiert wurde. Was sich in seinem Kopf abspielte, wusste ich ganz genau. Ich litt förmlich mit ihm. Dauernd bekam ich Sachen zu hören wie: „Oh, hab ich da wieder eine gesehen, diese und jene raubte mir den Verstand!" Es war wirklich nicht einfach für mich, denn er musste auf andere teilweise mindestens so scharf gewesen sein wie auf mich. Das sagte ich ihm dann auch, aber er beruhigte mich mit den Worten: „Nein, du bist was ganz Besonderes für mich!" Das glaubte ich ihm auch.

Außer der Band gab es noch andere Betätigungsfelder für Tom. Dorffeste und ähnliche Saufwettbewerbe gab es im Sommer jede Menge. Meistens wusste ich im Voraus, wenn er solche wieder besuchte. Dann waren ausnahmsweise mal meiner Phantasie keine Grenzen gesetzt. Würde er sich volllaufen lassen und dann auf die „Jagd" gehen? Würde er wenigstens eine finden, bei der er erneut schwach würde? Und, und, und … Dass ich mich da endlos hineingesteigert habe, werden Sie sich sicher denken können!

Die Depressionen hatten mich immer fester im Griff, man könnte sagen, sie waren inzwischen „chronisch" geworden. Anfangs war es ein Auf und Nieder, aber inzwischen musste ich damit leben. Ja, der Sommer verschlimmerte auch meinen seelischen Zustand.

Ich begann mich aufs Neue von der Außenwelt abzuschotten, obwohl ich mir fest vorgenommen hatte, diesen Fehler nicht mehr zu begehen. Die Ratschläge von Freunden, endlich einen Therapeuten aufzusuchen, befolgte ich dennoch nicht. Warum auch? Tom war krank, nicht ich. Auch er riet mir, etwas zu unternehmen, zumindest eine Beschäftigung zu finden, die mich etwas ablenken sollte. Das war äußerst schwierig, denn für Sport oder Ähnliches konnte ich mich nie begeistern. Außerdem: Tom gab mir gute Ratschläge, aber hörte er auf meine?

Dann rückte mein 36. Geburtstag immer näher. Natürlich bestand ich auf einem Candle-Light-Dinner, nur mit ihm. Ich hatte ihn lange im Voraus darum gebeten, vermutlich hätte er sonst mal wieder keine Zeit für mich gefunden.

Am besagten Tag trafen wir uns, wie am Anfang, vor dem Fast-Food-Imbiss. Für eine Überraschung hatte er bestens gesorgt. Es war nicht mal schwierig, das passende Geschenk zu finden: eine neue Uhr, noch schöner als die erste und vor allem wasserdicht. Ich war überwältigt. Danach fuhren wir wie üblich mit meinem Wagen weiter. Wir hatten uns schon ein Ziel ausgedacht, zum Griechen sollte die Reise gehen. Ich wollte die Gelegenheit ausnutzen und wenigstens an „meinem" Tag wie ein ganz normales Pärchen auf andere wirken.

Aber es sollte nicht sein, denn wenn ich im Restaurant (er saß mir direkt gegenüber) zärtlich seine Hand berührte, zog er sie gleich wieder zurück! Ja, ich glaube, es war ihm peinlich! Fühlte er sich von anderen beobachtet, oder was? Dabei war gar nichts los, höchstens ein halbes Dutzend Gäste. Meinem „Warum" wich er clever aus und wechselte einfach das Thema. Er tat mir sehr weh. War ich denn so hässlich, oder war es die Angst, jemand könnte ihn kennen? Ich kam mir so blöd vor. Ist ja bekannt, Sexsüchtige neigen dazu, andere zu verletzen, und bemerken es nicht mal.

Nach dem Essen machten wir uns wieder auf den Weg. Mein Wagen stand nicht weit von dem Lokal entfernt. Draußen umarmte ich Tom, er tat es zwar auch, aber das Loslassen fand er doch angenehmer! Über solche Situationen habe ich in seiner Gegenwart nie ein Wort verloren. Vielleicht glaubte er, ich würde es nicht bemerken. Am liebsten wäre er gleich nach Hause gefahren, aber es war doch mein Geburtstag. Nein, damit war ich nicht einverstanden. Wie gerne hätte ich noch eine „verlassene Gegend" aufgesucht.

Seit Jahren klagte er über Kreuzschmerzen, und an diesem Abend waren sie (angeblich) besonders heftig, sehr zu meinem Nachteil. Also blieb es beim Reden und kleineren Streicheleinheiten. Irgendwie hatte ich es allmählich satt, ich musste stets Verständnis für ihn aufbringen, aber hatte er auch mal welches für mich?

Wie üblich brachte ich ihn zu seinem Wagen zurück, wo sich unsere Wege dann trennten. Ich war enttäuscht, es war doch noch so früh am Abend. Mit gemischten Gefühlen fuhr ich nach Hause: Einerseits freute ich mich über das schöne Geschenk, andererseits siegte mal wieder das Negative, das an diesem Tag zu beklagen war. Ich konnte nicht so recht einordnen, ob dieses „Fest" nun gelungen oder misslungen war.

Ab der kommenden Woche hatte ich Urlaub, einen ganzen Monat. Ich blickte dem mit etwas Horror entgegen, zumal ich nicht wegfuhr, wie das sonst so üblich war. Mit wem auch? Ich befürchtete, dass mir dann noch mehr Zeit zum Nachdenken blieb. Das war eigentlich mein Hauptproblem. Wie schön wäre es gewesen, mit Tom irgendwohin zu fahren, weit weg von all dem Alltagstrott! Ein Ding der Unmöglichkeit.

Ein paar Monate zuvor hatten wir mal über den Sommerurlaub geredet. Damals sagte Tom sehr zu meiner Überraschung, er würde versuchen, in der Zeitspanne meines Urlaubs eine Woche zu ergattern. Ich verstand die Welt nicht mehr. Später allerdings auch nicht, denn er hatte es, wie nicht anders zu erwarten, nicht getan! Mal wieder nichts als leere Worte!

Meinen Urlaub versuchte ich (auch ohne Tom) so angenehm wie möglich zu gestalten. Ohne meine Mutter hätte ich es sicherlich nicht geschafft. Sie opferte viel Zeit, um mich auf andere Gedanken zu bringen. Sie hatte etwas gut bei mir. Wie bereits erwähnt, ist sie sehr religiös. Also besuchte ich mit ihr einen Wallfahrtsort in Belgien. An diesem Tag war ich ausnahmsweise sehr euphorisch, weil Tom mir mehr SMS gesendet hatte als je zuvor. So konnte ich mich richtig auf den Ausflug freuen! Mutti hatte mir prophezeit, dass sich an dem Wallfahrtsort viele kleine Läden befanden, überwiegend mit religiösem Zeug, aber auch Schmuck und solche Dinge. Ich wurde tatsächlich positiv überrascht. Sofort kam mir der Gedanke, ob ich wohl auch etwas für Tom finden würde. Ja, ich musste gar nicht mal lange suchen. Ein bunter Schlüsselanhänger, auf der Vorderseite mit dem gewünschten Namen versehen, auf der Rückseite die Aufschrift des Wallfahrtsortes. Ein wirklich passendes Erinnerungsstück. Auch für mich wurde ich fündig, ein paar Schmuckstücke, sogar Ohrringe für meine damalige Noch-Schwiegermutti. Dies bietet mir Gelegenheit zu erwähnen, dass ich immer noch ein sehr gutes Verhältnis zu ihr habe.

Nach dem Shoppen benötigten wir eine kleine Stärkung. Wir hatten die Qual der Wahl, jede Menge Restaurants. Anschließend kam (für mich) der weniger interessante Teil. Kleine Kapellen besuchen und dergleichen. Mutti motivierte mich, für ein paar Groschen eine Kerze anzuzünden und mir dabei etwas zu wünschen. Ein bisschen abergläubisch bin ich schon, und so befolgte ich ihren Rat. Was ich mir gewünscht habe, ist ja wohl offensichtlich. Zum Abschluss folgte ein kleiner Spaziergang durch die Parkanlage.

Der Tag neigte sich allmählich dem Ende zu. Mutti war zufrieden, dass es mir so gut gefallen hatte. Auf eine Wiederholung würde sie sich sehr freuen. Es folgten weitere Ausflüge, wo wir „meinen" Hund Whiskey mitnahmen. Wir waren ständig unterwegs, und das war auch gut so!

Auf den nächsten Besuch von Tom musste ich nicht allzu lange warten. Mein kleines Andenken nahm er gerne entgegen. Er freute sich sehr darüber, aber auch dass ich Mutti diesen Gefallen getan hatte. Es gab an diesem Tag keinen Zwischenfall, nur der Abschied brach mir erneut das Herz.

Aber inzwischen hatte ich ja meinen Seelenklempner, meine Bonnie. Ich musste meine Trauer nicht mehr alleine verarbeiten. Tatsächlich bemerkte sie, dass mit Frauchen etwas nicht stimmte. Sie gab mir viele Küsschen und leckte mir sogar die Tränen ab, das war schon überwältigend!

Dennoch, meine Depressionen heilen konnte sie natürlich nicht, lediglich dazu beitragen, diese besser zu überwinden. Nichts und niemand ersetzt dir ein derart treues Haustier!

Der Sommer neigte sich langsam dem Ende zu. Ich werde es nie vergessen: Tom schaffte es, bei mir zu übernachten. Am darauf folgenden Tag musste er leider zur Arbeit, aber seine Schicht begann erst am Nachmittag. Viel geschlafen haben wir natürlich nicht, diese Gelegenheit musste einfach ausgenutzt werden ...

Eine kleine Gemeinheit (meinerseits) will ich Ihnen noch erzählen: Ich wurde am frühen Morgen gegen sieben wach und überlegte mir, wie ich ihn wohl am besten aus dem Schlaf reißen könnte. An Ideen hat es mir noch nie gemangelt. Also erfolgte der gemeine Angriff. Ich sagte ganz leise zu ihm: „Du, Schatz, wach auf, ist schon fast neun!" Daraufhin drehte er sich gleich um und sagte entsetzt: „Was, so spät schon?" (er musste gegen elf los). Er hatte mein Spielchen schnell durchschaut und meinte grinsend, dass ich ein äußerst gemeines Ding wäre. Was ich mit ihm vorhatte, ist nicht schwer zu erraten.

Nachdem er schon so früh am Morgen seine vorhandene Energie verloren hatte, wurde ausgiebig gefrühstückt. Viel Zeit blieb dann nicht mehr. Diesen Abschied sah ich etwas lockerer, er hatte mir eine Nacht geschenkt ... Diese Beziehung bestand aus permanenten Höhen und Tiefen.

Meine letzte Geschichte, was den Sommer betrifft, war wieder schwer zu verkraften. Auch Toms Urlaub stand vor der Tür. Ausgerechnet eine Reise nach Mallorca war geplant, mit einigen Kumpels. Die Flugzeiten waren mir bekannt. Gleich nach der Landung meldete er sich dann.

Aber nicht wie sonst, seine Nachricht bestand nur aus „billigen" Stichwörtern: „Angenehmer Flug, Sonne scheint." Ich war enorm enttäuscht. Mir wurde klar, er wollte mir nur kurz mitteilen, dass sie gut angekommen waren, seine Gedanken waren schon ganz woanders. Schließlich weiß ein jeder, was dort abgeht.

Und es kam, wie befürchtet, er meldete sich nicht. Meine Enttäuschung, meine Wut steigerten sich immer mehr. Ich teilte ihm mit, dass er jetzt nicht an mich zu denken brauchte, er wäre ja schließlich in seinem Sauf- und F...paradies! Ich durchlebte wieder die Hölle auf Erden, während er seinem Trieb freien Lauf ließ. Es war „nur" eine Woche, aber die verschlimmerte alles noch mehr. Nach meiner SMS meldete er sich öfter (freiwillig gezwungen?). Ich wusste, dieser Aufenthalt war für Tom eine Giftmischung: Sonne, Alkohol, Weiber ...! Mein Tränenkanal musste Überstunden machen.

Nach seiner Rückkehr bewies er mir, dass er mich nicht vergessen hatte. Er brachte mir eine schwarze Tasche mit, darin hatte er außerdem ein Feuerzeug und einen Schlüsselanhänger versteckt. Ich werde seine Worte nicht vergessen, als er mir die Geschenke gab: „Hier, für dich, weil du so gelitten hast!"

KAPITEL 12

TRÄUME, DIE MEINE KLEINE WELT BEWEGTEN

Die Monate vergingen wie im Flug. Max und ich hatten so weit alles korrekt geregelt. Die erste Unterschrift war längst erledigt. Der entscheidende Gerichtstermin stand uns endlich bevor. Ein seltsames Gefühl war das schon, aber das Beste für uns beide.

Wir erschienen frühzeitig und mussten noch ein bisschen warten. Wir verfolgten das Treiben anderer Pärchen, die wie wir zu dem (entscheidenden?) Termin gekommen waren.

An eine Szene erinnere ich mich noch genau, über die wir schmunzeln mussten. Frau X und Herr Y wurden aufgerufen. Anfangs dachten wir, Frau X wäre gar nicht erschienen, doch sie steuerte aus einer anderen Richtung auf den Gerichtssaal zu, weit weg von ihrem Noch-Ehemann. Er begrüßte sie, eine Antwort bekam er von ihr nicht. Was auch immer zwischen den beiden vorgefallen war, diese Reaktion fanden wir sehr billig. Bei uns verlief das ganz anders. Wir amüsierten uns, bis wir an die Reihe kamen. Alles ging ganz schnell. Udo wartete auf uns, und wir gingen anschließend gemeinsam durch die Altstadt. Max und ich waren einer Meinung: Besser eine gute Freundschaft als eine schlechte Beziehung! Schade, dass nicht jeder so denkt.

Das einzig Lästige an der Sache war dieser ewige Papierkram, vorher und ganz besonders danach. Ich will nicht wissen, was diejenigen erwartet, wo es nicht so reibungslos abläuft. Unsere Scheidung war für mich keine Last, aber eine weitere hätte ich vermutlich auch nicht ertragen können.

Ich begann die Beziehung mit Tom immer öfter nachts zu verarbeiten. Träume verfolgten mich. Meistens beendete er das mit uns. Wenn ich dann aufwachte, war ich völlig durcheinander und brauchte Stunden, um wieder auf den Boden der Tatsachen zu finden. Meine Träume gingen nicht einfach so an mir vorbei. Weil es kein Ende nahm, versuchte ich für jeden einzelnen eine Erklärung zu finden.

Also besorgte ich mir Hilfsmittel, um sie besser zu verstehen. Ich kaufte mir gleich zwei Bücher über Traumdeutung. Dass im Traum die Beziehung beendet wurde, wies mich darauf hin, dass es notwendig wäre, dies auch wirklich zu tun. Der Ursprung war aus meiner Sicht einfach die Angst, ihn zu verlieren, die saß tief in meinem Inneren fest.

Ein anderes Mal kam er im Traum mit seiner Mutti (obwohl ich die gute Frau nie kennen gelernt habe) zu mir. Sie ignorierte mich völlig, nicht mal Antworten auf meine Fragen bekam ich von ihr. In meiner Gegenwart sagte sie ihm außerdem, dass ich nicht die Richtige für ihn wäre! Meine Gefühlswelt wurde erneut durcheinandergewirbelt. Warum ignorierte mich diese Person, mit der ich ein gutes Verhältnis aufbauen wollte? Wahrscheinlich weil ich in der Realität keinen Draht zu ihr hatte und wusste, dass ich nie welchen bekommen würde. Solange die Distanz zu seiner Familie bestünde, würde auch Tom mir nicht näherkommen. Dies war die einzige Erklärung, die ich daraufhin fand.

Ein weiterer Traum beschäftigte mich sehr, seine Bedeutung zu verstehen war nicht ganz einfach. Ich befand mich vor alten, fast unzugänglichen und steilen Treppen. Die Stufen waren unterschiedlich hoch und ziemlich gefährlich. Ich wollte sie dennoch unbedingt schaffen, aber es klappte nicht. Je höher sie führten, umso schmaler endeten sie. Rechts grenzten die Treppen an ein altes Haus, links dagegen an eine baufällige Mauer. Von oben herab kamen mir jede Menge Leute entgegen, alle spielten sie (wie Tom) ein Blasinstrument. Sie marschierten bis zu jenem Punkt, wo sie für mich unerreichbar wurden, weil ich die Stufen zu ihnen nicht schaffte. Meine Schlussfolgerung dazu: Die vielen Menschen mit den Instrumenten stellten letztendlich nur eine Person dar – Tom! –, der für mich genauso unerreichbar war. Wie auf der Treppe kam ich bis zu einem gewissen Punkt an ihn heran, weiter jedoch nicht. Ich erforschte diesen Traum etappenweise:

Treppen: Je schwieriger der Aufstieg (wie in meinem Fall), umso problematischer der aktuelle Stand.

(Altes) Haus: Dessen Zustand symbolisiert erneut die Situation des Betroffenen.

Mauer: Sie steht für ein Hindernis auf dem Lebensweg. Da sie auch noch baufällig war, spiegelte sie das Einstürzen meiner Seele wider.

Auch grausame, blutige Träume verfolgten mich. Man rammte mir ein Messer zwischen meine Schenkel. Überall Blut, verbunden mit echten Schmerzen. Dafür fand ich ebenfalls eine Erklärung:

Messer: Entfernen oder Herausschneiden von verletztem „Gewebe", das daraufhin zu entsetzlichen Qualen führt.

Vagina: (Unentdeckte) Talente nutzen und diese kreativ gestalten, also in die Tat umsetzen (vielleicht das Schreiben meines Buches?).

Blut: Man leidet an tiefen Verletzungen der Seele, so dass man im Inneren zu verbluten droht (vergleichbar mit der baufälligen Mauer!).

Qualvolle Schmerzen: nichts Positives im Anmarsch.

Und da waren noch die ekligen Schlangen, die immer wieder in meinen Träumen vorkamen. Von ihnen angegriffen wurde ich aber nicht.

SCHLANGEN stehen überwiegend für Sexualität, oft verbunden mit Angst davor.

Ein anderes Mal stand ich nachts am Meer mit irgendwelchen, mir unbekannten Leuten. Schon bald bildeten sich riesige, bedrohliche Wellen, die mich mitreißen wollten. Ziemlich unrealistisch, aber mir gelang die Flucht. Der Zustand der WELLEN weist darauf hin, dass ein schwieriger Kampf bevorsteht oder man einen schweren Fehler begeht.

Wenn ich die jeweiligen Träume miteinander verglich, musste ich leider feststellen, dass es in irgendeiner Form bedeutete, meiner Situation einfach nicht gewachsen zu sein, dass ich seelisch langsam, aber sicher untergehen würde.

Zur Abwechslung stand mir etwas Erfreulicheres bevor. Bei Toms nächstem Besuch gab es (jedenfalls für mich) einen Grund zu feiern. Auf den Tag genau vor einem Jahr hatten wir uns kennen gelernt. Tom stand mit einem Blumenstrauß vor der Tür. Blumen waren eigentlich nie so mein Ding, aber die von ihm bedeuteten mir natürlich sehr viel: zum einen, weil sie von Tom waren, zum anderen zeigte er mir damit, dass unser Jubiläum auch ihm etwas bedeutete. Es war ein ganz besonderer Anlass, der ihn sogar dazu bewegen konnte, zum Italiener zu gehen. Einen Tisch hatte ich auch schon reserviert. Tom war auch nicht ganz so unnahbar wie beim Griechen, glaubte ich zumindest.

Kein Zwischenfall war an diesem Tag zu beklagen, nur das Übliche halt beim Abschied. Bonnie hatte mal wieder alle „Hände" voll zu tun. Wie immer verkroch ich mich in mein Bett, das Handy blieb eingeschaltet, nur wegen Tom natürlich. Aber diesmal fand ich keine Ruhe. Max, Udo und dessen Freundin Doris wollten mich unbedingt abends mit in die Disco schleppen. Ich lehnte mehrmals ab, doch sie ließen nicht locker. Das hat mich vielleicht eine Überwindung gekostet! Also ging ich gegen meinen Willen doch mit ihnen. Auf andere Gedanken zu kommen konnte mir eh nicht schaden, dachte ich mir. Doch es war eine einzige Qual für mich. Die Sehnsucht nach Tom war unerträglich.

Nach Mitternacht erwartete mich eine Überraschung. Genau zu der Zeit, zu der wir uns vor einem Jahr kennen gelernt hatten, schrieb er mir eine liebe SMS. Er hatte es nicht versäumt und mir damit eine große Freude bereitet. Solche Aktionen seinerseits habe ich nie verstanden. Nicht mal Männer, die eine ernste, normale Beziehung führen, würden an so etwas denken. Die allerwenigsten jedenfalls.

Einen Grund zur Sorge fand ich immer, ob es mich oder ihn betraf. Es störte mich, dass er sich niemandem anvertraute. Dabei dachte ich z. B. an seine Mutter, mit der er laut eigenem Bekunden doch gut zurechtkam. Aber er wollte sie nicht belasten, sie habe genug um die Ohren. Das Einzige, was ihr aufgefallen war: Seit seiner unglücklichen Beziehung damals hatte er nie wieder eine Frau mit nach Hause, d. h. zu seinen Eltern, gebracht. Des Öfteren hatte sie ihn darauf angesprochen, er aber hatte abweisend und genervt reagiert. Vielleicht glaubte sie, dass er inzwischen schwul geworden war. Das habe ich ihm auch gesagt, und er war schockiert. Das würde seine Mutter nie denken. Obwohl, verändert hatte er sich doch, er rutschte in den Sumpf der Sexsucht, langsam, aber sicher.

Gescheiterte Beziehungen können vieles bewirken: Die einen wechseln das „Ufer", andere geben nicht so schnell auf und versuchen ihr Glück mit einem neuen Partner. Wiederum andere wählen den Weg, den Tom eingeschlagen hatte. Letztere verletzen ihre Mitmenschen am meisten.

Dazu gehörte ich nun ja auch. Nach langem Überlegen informierte ich mich dann doch etwas genauer bei Laura über Therapeuten. Sie gab sich große Mühe, mir alles genauestens zu erklären. Ich war einsichtig geworden, mir blieb nur noch diese eine Möglichkeit. Ich musste mir helfen lassen, um das Leben wenigstens halbwegs zu genießen. Es erforderte eiserne Überwindung, aber ich habe es dann doch hinter mich gebracht ...

KAPITEL 13

DER BITTERE WEG ZUM THERAPEUTEN

Ich hatte mich also entschlossen. Wie das Leben so spielt: Obwohl Tom krank war, musste nun ich mir helfen lassen. Die Meinungen in meinem Umfeld über Therapeuten waren unterschiedlich. Die einen lobten sie, andere hielten gar nichts davon. Eine eigene Meinung konnte ich nicht wirklich vertreten, ich war ja noch nie hingegangen. Ein bisschen mulmig war mir schon zumute. Aber leider waren die Anzeichen für Depressionen ausreichend vorhanden.

Ich entschied mich für Lauras Therapeuten. Die negativen Aussagen von verschiedenen Leuten vereinfachten mir das Ganze nicht unbedingt. Es fielen Vorwürfe wie Geldschlangen, Pillenverschreiber und dergleichen. Ziemlich aufgeregt wählte ich die Nummer von Hans Psycho. Nach mehrmaligen Versuchen konnte ich ihn endlich erreichen. Seine Stimme klang sympathisch. Er wollte wissen, ob mein Fall akut sei, denn seine Praxis sei demnächst wegen Urlaubs geschlossen. Auch das noch, ging es mir durch den Kopf. Seine Frage verneinte ich, denn ich hatte bis dahin ein Jahr so vor mich hin vegetiert, und auf ein paar Wochen sollte es auch nicht mehr ankommen. Es fand sich ein Termin, nur Geduld war nötig.

Nach dem Gespräch war ich etwas verwirrt und verunsichert. War das jetzt richtig? Ich fühlte mich unwohl in meiner Haut. Laura und Tom waren stolz auf mich, dass ich bereit war, etwas zu unternehmen. Die Zeit bis zum Termin verging trotzdem wie im Flug. Am besagten Tag war ich reichlich aufgeregt, aber es war der richtige Moment, es ging mir physisch immer schlechter. Von Laura wusste ich, dass Hans Psycho Wert auf Diskretion legte. Um peinliche Begegnungen zu vermeiden, sorgte er angeblich dafür, dass sich immer nur eine Person im Wartesaal befand. Hörte sich gut an ...

Gleich nach der Arbeit ging ich los. Ich war jedoch viel zu früh, eine gute Gelegenheit, noch schnell eine Zigarette zu rauchen. Dann erwartete mich noch eine liebe Überraschung. Tom meldete sich mit den Worten: „Denk an dich, dicker Kuss, Tom!" Er war mitfühlend, das freute mich sehr. Allmählich musste ich in die Praxis. Zuvor schwirrten mir noch tausend Gedanken durch den Kopf:

Was will oder muss er alles wissen?

Was erzähle ich dem nur?

Wie resümiert man ein ganzes Jahr in so kurzer Zeit?

Nimmt er dich ernst, oder würde er am liebsten über dich lachen?

Ist er eine Geldschlange wie viele andere?

Verschreibt er dir schnell etwas und wimmelt dich dann ab?

Auf meine vielen Fragen sollte ich schon sehr bald eine Antwort bekommen.

Mit Herzklopfen betrat ich das Wartezimmer. Es war tatsächlich niemand da. Das sollte sich jedoch bald ändern. In kürzester Zeit kam einer nach dem anderen herein. Sollte das die berühmte Diskretion sein? Ich war so sehr verunsichert, dass ich eine Dame fragte, ob ich mich in der richtigen Praxis befand. Dem Ansturm nach hätte man vermuten können, beim Hausarzt zu sein.

Ich musste eine halbe Stunde warten. Dann war ich endlich an der Reihe. Die äußere Erscheinung des Therapeuten war schwer zu deuten. Vor der Sitzung notierte er sich ein paar Angaben über meine Person. Er hatte inzwischen auf seinem „Zuhör-Sessel" Platz genommen, ich saß ihm gegenüber auf einem recht gemütlichen Sofa. Das Ambiente stimmte, da konnte man nicht meckern.

Hans Psycho sagte: „Dann erzählen Sie mal." Mann, war das schwierig, wie sollte ich in kurzer Zeit Vertrauen zu dieser fremden Person gewinnen? Völlig verunsichert und unter Tränen versuchte ich also über meine unglückliche Liebe zu berichten. Er stellte mir kaum Fragen, das machte es nicht unbedingt einfacher. Nach einer Weile (etwa zehn Minuten) sprang er auf und sagte: „Ich sehe, Sie brauchen dringend Beruhigungskapseln!" Das stimmte wohl, aber auch jemanden, der mir zuhören sollte. Er entschuldigte sich mit den Worten: „Ich habe mich nach meinem Urlaub etwas mit Terminen verausgabt, nächstes Mal nehme ich mir mehr Zeit für Sie!"

Ich fühlte mich erniedrigt, abgewimmelt und gar veräppelt. In meiner Verfassung wusste ich nicht mehr, was ich denken sollte. Mein erster Termin, und dann so etwas! Mir war bewusst, ich musste ein weiteres Mal zu ihm, wegen der Kapseln, die er mir nur für eine kurze Zeit verschrieben hatte, zum Ausprobieren halt. Die Wirkung würde sich nach zwei- bis dreiwöchiger Einnahme bemerkbar machen.

Am nächsten Tag kam Tom zu mir. Er war neugierig und fragte gleich: „Und, wie war's?" Also habe ich ihm die frustrierende Geschichte erzählt. Er war etwas verwirrt, noch nie war ihm so etwas von einem Therapeuten zu Ohren gekommen. Das konnte natürlich nur mir passieren! Allmählich fragte ich mich, ob mein Problem so lächerlich sei. Tom konnte es auch nicht verstehen, dennoch war er stolz auf mich, dass ich es gewagt hatte. Er gab mir den Ratschlag, einen anderen aufzusuchen. Nein, das wollte ich auf keinen Fall! Nochmals von vorne anfangen? Nein, danke.

Natürlich hatte ich Laura von meiner Geschichte längst erzählt. Auch für sie war das neu, denn sie war sehr zufrieden mit dem Therapeuten. Noch nie hatte er bei ihr „versagt". Sie versuchte mich zu ermutigen, beim nächsten Termin würde alles besser verlaufen. Peinlicher konnte es eh nicht werden. Einige meiner Freunde fanden es absurd, dass ich Pillen schlucken musste, um die Beziehung besser zu ertragen. Mir war doch selbst klar, es konnte keine Lösung auf Dauer sein. Immer die gleichen Vorwürfe, ich könnte süchtig von den Dingern werden.

Es waren ohnehin stets dieselben Leute, die mich positiv unterstützten, die sich echte Sorgen machten. Wie mein Kumpel Udo, ein herzensguter Kerl, der sein letztes Hemd für jemanden opfern würde. Seine Freundin Doris ist eher verschlossen und etwas speziell.

Auch die gute Claudia, schon ewig ein unglücklicher Single, war und ist immer für mich da, obwohl ihr selbst Depressionen das Leben erschwer(t)en. Ich bin oft freitags nach der Arbeit zu ihr hin, und sie versüßte mir meinen Frust, so gut sie nur konnte. Bei ihr konnte ich mich so richtig fallen lassen und musste mich nicht meiner Tränen schämen, die ich sonst immer zu unterdrücken versuchte.

Das klappt nur bei Menschen, zu denen ich völliges Vertrauen habe.

Nicht zu vergessen Clara, eine weitere Arbeitskollegin von mir. Sie hatte stets Verständnis für mich und opferte schon mal einen oder mehrere Sonntagnachmittage, um „Therapeutin" zu spielen. Zu der gleichen Gruppe gehörten u. a. Mutti, Laura, zeitweise Max und viele andere. Ohne diese Menschen wäre ich mit Sicherheit komplett verloren gewesen. So verschlossen wie Tom hätte ich niemals sein können.

Inzwischen nahm ich seit zwei Wochen die Kapseln ein und vermutete eine minimale Besserung. Nach einer weiteren Woche dann endlich die Bestätigung: Meine Gefühlswelt war nicht mehr ganz so chaotisch, leicht betäubt irgendwie, aber angenehm. Am liebsten hätte ich die ganze Welt umarmt. Mir war klar, es war eine „künstliche" Euphorie, aber sie war da! Tom fiel ein Stein vom Herzen, auch er hatte es nicht leicht mit mir. Es war schon seltsam, wieder Lebensfreude zu empfinden, wo ich kurz zuvor „chronisch" deprimiert gewesen war. Ich machte mir dennoch so manche Gedanken, was sich jetzt alles ändern würde: Wirst du trotzdem weinen, wenn er nach Hause fährt? Wie lange hält diese Verfassung dann an? Werde ich nie wieder in ein tiefes Loch fallen, oder etwa doch?

Der nächste Termin bei Hans Psycho rückte näher. Wegen des Rezepts musste ich hin, sonst hätte ich es mit Sicherheit nicht mehr gemacht. Das wirst du auch noch überleben, dachte ich mir. Im Wartezimmer der gleiche Anblick, vielleicht nicht ganz so viele Leute wie beim letzten Mal, aber alleine war ich dennoch nicht. Automatisch starrte einer den anderen an und dachte: Was ist wohl mit dem oder der los? In mir kam der Gedanke hoch: Und der soll heute Zeit für dich haben?

Ich betrat aufs Neue seine Praxis. Sein erster Eindruck: „Oh, ich sehe, Ihnen geht es besser?" Aber bestimmt nicht deinetwegen, dachte ich in diesem Moment. Die Sitzung nahm ihren Lauf. Wieder verspürte ich ein mulmiges Gefühl, ich konnte ihm nicht so recht vertrauen. Ich glaubte zu bemerken, dass er schon mal Probleme hatte, sich sein Grinsen zu verkneifen. Mag ja sein, dass ich mir das nur eingebildet habe, obwohl ich dies bezweifle.

Er hatte mir beim letzten Mal versprochen, der Sache auf den Grund zu gehen, warum ich dermaßen verrückt nach Tom war. Stattdessen sprudelte er so blödes Zeug hervor wie: „So dürfen Sie nicht weitermachen. Die Kapseln sind auf Dauer keine Lösung. Wollen Sie Weihnachten noch in 20 Jahren alleine feiern? Seien Sie anderen Männern gegenüber nicht so unnahbar, blablabla ...!" Um das festzustellen, brauchte ich ihn wirklich nicht. Nur das Warum blieb unbeantwortet. Hans Psycho bemühte sich wohl etwas mehr als beim letzten Mal, aber sein Gerede war mir dennoch keine große Hilfe. Oh Wunder, er opferte eine halbe Stunde für mich. Schlussendlich hatte ich ein neues Rezept und ein tiefes Loch im Geldbeutel.

Als ich seine Praxis verließ, fühlte ich mich fast genauso lausig wie beim letzten Mal. Er vereinbarte einen neuen Termin mit mir, aber dass ich nicht hingehen würde, wusste ich damals schon.

Eins sollte ich noch klarstellen: Nie würde ich alle Therapeuten in einen Topf werfen. Es gibt sicherlich auch solche, die ihre Arbeit ernst nehmen. Schwarze Schafe findet man halt überall ...

KAPITEL 14

NIEMAND WEINT FÜR IMMER

Mit meinen kleinen „Hilfsmitteln" konnte ich nun das Leben teilweise genießen. Meine Gedanken waren leicht betäubt. An den Wochenenden, an denen Tom nicht bei mir war, steigerte ich mich nicht mehr so tief hinein. Nebenwirkungen bemerkte ich kaum, vielleicht ließ meine Konzentration ein bisschen nach, aber das nahm ich gerne in Kauf. Damit konnte ich leben. Die einzige Frage, die mich beschäftigte: Zu wem gehst du, wenn das nächste Rezept fällig ist? Mir blieb noch jede Menge Zeit, bis dahin eine Lösung zu finden.

Nach mehrwöchiger Einnahme sah ich Tom endlich wieder. Er war begeistert, denn er sah mir gleich an, dass meine seelische Verfassung viel besser geworden war. Das machte es auch ihm wesentlich leichter. Auf der „Spielwiese" jedoch machte sich eine weitere, mir unbekannte Nebenwirkung bemerkbar. Meine „Potenz" hatte nachgelassen. Enorme Konzentration und körperlicher Einsatz waren notwendig. Darüber war ich sehr betrübt. Tom zeigte absolutes Verständnis, er konnte damit umgehen. Es war ja kein Wettbewerb. Nur mühselig kam ich ans „Ziel".

Danach las ich direkt die Beschreibung durch und fand, wonach ich suchte: Störungen der Genitalien – sexuelle Störungen, verzögerte oder gar keine Ejakulation, Anorgasmie, evt. anormale Verlängerung. Na toll, dachte ich mir, bleibt das jetzt immer so?

Die Kapseln gaben mir nicht ausreichend Kraft, um den Abschied lockerer zu sehen. Ich war ein bisschen verwirrt, vermutlich hatte ich mir doch zu viel von den Dingern erwartet. Recht bald erkannte ich den Unterschied. Meine Trauer ließ schneller nach als sonst. Davor brauchte ich tagelang, um mich zu beruhigen, jetzt waren es „nur" ein paar Stunden. Der Ablauf blieb der gleiche: ins Bett, grübeln und irgendwann einschlafen.

Als ich wieder wach wurde, kam die nächste positive Überraschung. Ich war seelisch fit genug, um noch am selben Tag die Wohnung zu verlassen. Da war ja auch noch die Unterstützung von meiner vierbeinigen Seelenklempnerin.

Ein weiteres Jahr neigte sich dem Ende zu. Ich hatte zur passenden Zeit mit den Kapseln angefangen, schon recht bald war ich ganz besonders darauf angewiesen. Wieder musste ich Tom entbehren, genau wie letztes Jahr kurz vor Weihnachten. Eine erneute Tour ins Ausland war geplant, diesmal für ganze drei Wochen! Und wieder fand er davor keine Zeit für mich. Ja, es bedrückte mich wohl, aber ich behielt die Fassung besser als sonst. Durch die Verlängerungswoche war er nicht mal an seinem Geburtstag zu Hause.

Genau an diesem Abend war ich mit Doris, Udos Freundin, unterwegs. Wir amüsierten uns prächtig, dabei war mir dieses Wort schon fast fremd geworden. Wie bereits erwähnt, ist Doris sehr verschlossen, aber wenn sie mit mir alleine war, konnte sie sich richtig fallen lassen. Direkt nach Mitternacht schickte ich Tom meine längst vorbereitete Geburtstagsnachricht. Ich wollte unbedingt die Erste sein, und das gelang mir auch. Dieser Abend blieb mir in guter Erinnerung, er war wirklich gelungen.

Vor dem Fest der Liebe, also Weihnachten, hatte ich trotzdem ein bisschen Angst. Wie ich wohl diesmal auf den ganzen Glitzerkram reagieren würde? Meine innere Stimme unterstützte mich und sagte zu mir: „Da musst du jetzt durch, er kommt ja wieder!" Ich hörte auf „sie" und konnte diesem Weihnachtskram tatsächlich in die Augen sehn, ohne die Fassung zu verlieren. Ich wollte meine Angst bekämpfen und bekam Unterstützung von Mutti. Auf einen Shoppingtag mit ihr freute ich mich sogar. Ich war motiviert, schließlich brauchte ich Geschenke für Tom. Eins zum Geburtstag und eins für Weihnachten. Eine fixe Idee hatte ich bereits. Da er kaum ausreichend Geld für Kleidung hatte, wollte ich ihm in dieser Richtung eine Freude machen. Obwohl er immer sauber und auch passend angezogen war, mangelte es ihm doch ein bisschen an der Auswahl.

Ich war über eine Stunde damit beschäftigt, denn in dem riesigen Geschäft hatte ich die Qual der Wahl. Da Tom eher ein sportlicher Typ ist, sollte die Kleidung nicht zu klassisch sein. Ich entschied mich nach langem Suchen für zwei wirklich tolle Pullover. Zufrieden fuhr ich nach Hause und war mir sicher, die würden ihm gefallen. Dort wurden sie in ein schönes Geschenkpapier verpackt, obwohl sein nächster Besuch noch in weiter Ferne lag. Aber der Anblick gab mir eine gewisse Zufriedenheit.

Mein Handy war während seiner Abwesenheit nonstop eingeschaltet, also Tag und Nacht. Tagsüber hatte er kaum Zeit, sich zu melden, wegen Proben und Auftritten. Er ließ überwiegend nachts von sich hören. Welcher normale Mensch lässt sich schon gerne die Nachtruhe unterbrechen, werden Sie jetzt denken. Obschon ich sehr früh aus den Federn musste, konnte ich aber erst ein- bzw. weiterschlafen, nachdem er sich endlich gemeldet hatte. Mit etwas Glück bekam ich sogar mehrere Nachrichten, äußerst selten gar keine, aber dann fand ich keinen Schlaf.

Zwischen den Zeilen konnte ich erkennen, was dort zu später Stunde abging. Hoch die Tassen und dergleichen. Ich machte mir Sorgen. Wie machte er das bloß? Tagsüber war äußerste Konzentration nötig, nachts Party angesagt. Das Essen fand er zum Kotzen.

Meine Besorgnis war nicht unbegründet. Er rief mich im Büro an und erzählte mir, dass er am Tag zuvor fast umgekippt wäre, und das mitten in einer Vorstellung. Er konnte sich „unauffällig" zurückziehen, um Peinlicheres zu vermeiden. Er musste wohl eingestehen, dass Alkohol und Stress eine böse Giftmischung sind. Sein Nachtleben änderte er spontan und gönnte sich ausreichend Schlaf. Nur mit der Ernährung haperte es noch. Es schien, als ob wir unsere Verfassung ausgetauscht hätten!

Das Telefonat tat uns beiden gut, nur machte ich mir anschließend noch mehr Sorgen um ihn, wegen dieses Vorfalls halt. Ein paar Tränen vergoss ich trotzdem an Heiligabend, aber seine Nachrichten machten mir wieder Mut. Mein gesamtes Umfeld hätte es nie zugelassen, dass ich an solchen Tagen alleine zu Hause war, es bot sich immer jemand, zu dem ich hingehen konnte.

Auch an Silvester bekam ich mehrere Angebote und konnte mich kaum entscheiden. Aber in Partystimmung war ich definitiv nicht, ich bevorzugte einen gemütlichen

Abend bei meinen Eltern. Gegen Mitternacht wurde ich dann wieder zappelig, der ewige Blick aufs Handy! Das Netz war völlig überlastet, meine SMS für Tom kam erst nach unzähligen Versuchen an. Aber seinerseits kam keine Antwort. Mutti versuchte mich zu beruhigen, er habe bestimmt eine abgeschickt, nur sei sie noch nicht angekommen. Doch der Abend war für mich gelaufen, und ich ging nach Hause. Dort wartete ich weiterhin vergeblich. Irgendwann in der Nacht bekam ich noch Nachrichten von Freunden und Bekannten, aber nicht die, die mir so viel bedeutete. Diese Nacht habe ich nicht viel geschlafen.

Am Vormittag „beschwerte" ich mich dann bei Tom. Er war ganz verwundert und bestätigte mir, er habe pünktlich um Mitternacht an mich gedacht. Ich musste dem wohl Glauben schenken.

Wieder stand ein neues Jahr vor der Tür. Ich musste noch zwei (!) Wochen auf ihn warten, insgesamt waren es deren sieben. Diese Abstinenz schaffte ich auch noch, denn die Vorfreude war gewaltig.

Dann war es endlich so weit. Nicht nur meine Geschenke warteten schon sehnsüchtig auf ihn. Ich fiel ihm direkt in die Arme, aber die Begeisterung seinerseits ließ nach so vielen Wochen ziemlich zu wünschen übrig! Anschließend fielen wir über die Geschenke her, auch er hatte mir etwas mitgebracht. Diesmal eine schwarze Tasche, aber sie gefiel mir sehr gut. Toms Augen glänzten beim Anblick seiner Pullover. Ohne dass ich es gefordert hätte, probierte er sie gleich an. Perfekt, mein kleiner Mann sah richtig super darin aus. Er „beschwerte" sich zwar darüber, dass ich mal wieder zu viel Geld für ihn ausgegeben hatte, aber das interessierte mich nicht. Wir plauderten über seine Tour und vor allen Dingen über seinen Vorfall. Danach ging's aber zur „Sache". Meine Nebenwirkungen waren immer noch vorhanden, aber es war trotzdem wunderschön. Schließlich war ich auf Entzug. Meine „Spielsachen" und die vielen DVDs konnten sein bestes Teil nicht ersetzen. Nie zuvor hatte ich bei jemandem eine solche Anziehungskraft verspürt. Schon beim Gedanken an ihn wurde ich unendlich scharf. Wie viele Batterien ich während seiner Abwesenheit verbraucht habe, ist schwer zu schätzen ...

KAPITEL 15

GUTE ZEITEN, SCHLECHTE ZEITEN

Bei uns in der Firma hatte kürzlich ein Neuer, Peter, angefangen. Optisch war er absolut nicht mein Typ, aber seine Sympathie, seine Lebensfreude machten alles wett. Er war außerdem im gleichen Alter wie Tom, das war allerdings das Einzige, was beide gemeinsam hatten. Über Peters private Verhältnisse wusste ich bis dahin recht wenig. Peter schaffte es als einziger Mann, meine Gefühlswelt ein bisschen durcheinanderzurütteln. Das überraschte mich schon. Ja, wir flirteten miteinander, das Getuschel von anderen fanden wir äußerst amüsant. Auch ich entsprach nicht seinen Vorstellungen, er stand auf schlanke Frauen. Dennoch glaube ich ihm ein wenig den Kopf verdreht zu haben. Doch leider hatte ich schon wieder den Falschen erwischt. Peter war verheiratet und hatte zudem noch ein Kind. Ich zog rechtzeitig die Handbremse, um programmierte Probleme zu vermeiden.

Wir gingen des Öfteren mittags zusammen ins Restaurant, und ich erzählte ihm mit feuchten Augen von meiner unglücklichen Beziehung. Über meine Lebensart war er sichtlich überrascht. Ich vermute, es berührte ihn sogar, was ihm da zu Ohren kam. Aber wie bereits erwähnt, als das Ganze mit Peter mir zu heiß wurde, zog ich mich etwas zurück. Seine Ehe zerstören wollte ich auf keinen Fall.

Peter schaffte es, wenn auch nur für kurze Zeit, dass ich die Sache mit Tom besser verarbeitete.

Irgendwann saß ich dann doch wieder alleine auf meinem sinkenden Schiff. Peter und ich pflegen seitdem eine normale Freundschaft, die uns bei weitem mehr einbringt als eine sinnlose Beziehung. Tom habe ich nie davon erzählt, er hätte sich bestimmt Hoffnungen gemacht, und das umsonst!

Allmählich gingen mir die Kapseln aus. Den Termin bei Hans Psycho hatte ich längst abgesagt. Freunde gaben mir den Ratschlag, doch einfach zum Hausarzt zu gehen. Das habe ich dann auch getan. Gegen Ende der Woche könne ich bei ihm vorbeischauen. Dr. Silber war genau das, was ich in meinem Fall dringend benötigte, ein echter Kumpeltyp, zu dem ich außerdem Vertrauen habe. Als ich in seiner Praxis ankam, fragte er mich: „Na, was führt dich denn heute zu mir?" Er bemerkte gleich, dass mir nicht wirklich (wie sonst) zum Lachen zumute war. Ich erzählte ihm die Geschichte. Er war nicht sonderlich überrascht und meinte, es gäbe des Öfteren Depressionen in Sachen Liebe.

Dr. Silber hörte mir aufmerksam zu, stellte auch mal Fragen zwischendurch und gab mir Ratschläge, die zu befolgen kein Ding der Unmöglichkeit war. Schmunzelnd sagte er, dass ich irgendwann den Richtigen finden würde, ich dürfte nur nichts übers Knie brechen. Die bestehende Beziehung einfach zu beenden hielt er auch für keine Lösung, denn ich käme eh nicht darüber hinweg. Mich sofort nach einem anderen umzusehen wäre ebenfalls sinnlos, ohnehin würde mich niemand anders interessieren. Warum ich nicht gleich zu ihm gekommen war? Darauf wusste ich keine Antwort. Vielleicht glaubte ich, mit meinem Problem bei ihm fehl am Platz zu sein. Ich vergaß nicht, ihn zu befragen, was die peinliche Nebenwirkung betraf. Das würde man als Schwierigkeiten mit der Libido bezeichnen, wenn man durch Medikamente Probleme auf sexueller Basis feststellt. Er erklärte mir, es gäbe viele verschiedene Sorten Beruhigungskapseln. Sogar welche, die im sexuellen Sinn genau das Gegenteil bewirken können. Ich musste sogar lachen, als er mir sagte, dass Männer diese besser erst gar nicht einnehmen sollten, da ein „Dauerständer" äußerst lästig sein könne.

Als ich seine Praxis verließ, empfand ich tiefste Zufriedenheit, verbunden mit Erlösung. Er hatte mir zugehört, mir Fragen gestellt und brauchbare Ratschläge gegeben. So wie ich das eigentlich auch von Hans Psycho erwartet hatte.

Ich berichtete Tom von meinem Erfolg. Seine Reaktion ließ zu wünschen übrig. Ja, manchmal fragte ich mich, ob es ihn überhaupt interessierte, was mit mir so passierte. Oder ging sein Interesse an mir allmählich verloren? Viele, viele kleine Dinge machten mich stutzig.

Das Schicksal wollte vermutlich, dass es mir nicht lange gut gehen sollte. Eine schwere Mittelohrentzündung holte mich ein, und ich musste erneut zu Dr. Silber. Es hatte sich bereits ein Loch im Trommelfell gebildet, starke Medikamente (Antibiotika) mussten her. Ich hatte Bedenken, ob die Kombination mit den Kapseln auf Dauer verträglich sein würde. Aber dieses Risiko musste ich eingehen. Meine Schmerzen ließen schnell nach, die waren teilweise ganz schön heftig. Nach einigen Tagen bemerkte ich eine anormale Euphorie. Waren das die Nebenwirkungen?

Ich stand schnell wieder auf den Beinen, hatte die Medikamente alle geschluckt. Meine Ängste bestätigten sich schon sehr bald. Die Kapseln hatten mit dem ganzen Zeug zusammen tatsächlich ihre Wirkung verloren. Ich fiel in ein unbeschreibliches Loch, der reinste Horror. Nur die Vorfreude auf das nächste Wochenende hielt mich ein bisschen über Wasser.

Doch nicht mal das sollte mir vergönnt sein. Eine Woche zuvor bekam ich eine Nachricht von Tom, ein Sterbefall in der Familie. Es war wie ein Faustschlag ins Gesicht. In mir entwickelte sich eine unglaubliche Wut, denn diesmal glaubte ich ihm nicht. In seiner Nachricht war kein Bedauern mir gegenüber, es war, als hätte er einen Termin beim Arzt abgesagt. So etwas in der Art war noch nie zuvor vorgekommen, und sonst rief er mich wenigstens an und vereinbarte einen anderen Termin. Ich war entsetzt. Das war an einem Samstagmorgen und das allererste Mal, dass ich ihm nicht geantwortet habe. Am Montag schickte er mir dann noch eine Nachricht, ob ich die davor nicht bekommen hätte und so. Endlich! Ich ließ meinem Frust schriftlich freien Lauf (das kann ich sehr gut).

Daraufhin kam keine Antwort mehr. Hatte ich die verletzende Wahrheit gesagt oder ihn unberechtigt zutiefst getroffen? Ich will stets alles geklärt haben. Dass er mich im Regen stehen ließ, gefiel mir gar nicht.

Mein Vater hatte sich eigentlich nie wirklich zu dieser Beziehung geäußert, aber selbst ihm reichte es allmählich. Er redete auf mich ein: „Willst du in Zukunft so weitermachen? Du bist keine 20 mehr, deine besten Jahre gehen dir so verloren, irgendwann beachtet dich keiner mehr!"

Es waren knallharte Worte, aber er hatte damit sicherlich Recht.

Ich wartete einen weiteren Tag ab. Tom meldete sich nicht. Gegen meinen Stolz griff ich zum Telefon. Inzwischen hatte sich meine Wut längst wieder in Trauer und Sehnsucht verwandelt. Ein weiteres Mal hatte ich nachgegeben.

Da war dann auch noch die Angst, dass er einfach auflegen würde. Das tat er jedoch nicht. Ich versuchte stark zu sein und „drohte" ihm, Schluss zu machen, falls er sich nicht ändern würde. Dummerweise war ich in meine eigene Falle getappt, denn das wäre ihm lieb gewesen. Als ich verstanden hatte, was die Uhr geschlagen hatte, brach ich in Tränen aus, eine richtige Hysterie löste sich bei mir aus. Ich muss wohl gewirkt haben, als wäre ich zu allem fähig gewesen, denn Tom verlangte zur Sicherheit die Nummer meiner Eltern. Die bekam er jedoch nicht, warum auch immer. Er war sehr verletzt darüber, dass ich ihm nicht glaubte, ihn als Lügner hinstellte. Die längst beschädigte Vase, die ohnehin langsam am Zerbrechen war, erlitt einen weiteren Riss.

Was die Kapseln anbelangte, musste ich wieder bei null anfangen, als hätte ich die Kur unterbrochen. Es war eine knallharte Zeit. Tom schickte mir bestenfalls liebe Nachrichten, doch eine weitere Unterstützung war nicht zu erwarten. Er machte sich „Sorgen", aber nur so weit, dass es ihn keine Überwindung kosten durfte. Was meine Mitmenschen erneut ertragen mussten, konnte er nur erahnen. Selbst auf der Arbeit fiel ich in tiefe Depressionen. Zuvor war es mir stets gelungen, noch schnell auf dem Klo zu verschwinden ...

Ich erinnere mich dabei an eine Szene mit meinem Gruppenchef. Wegen etwas Belanglosem rief dieser mich in sein Büro. Er hatte den „passenden" Moment erwischt. Bei meinem Anblick vergaß er gleich, was er mir eigentlich mitteilen wollte. Er schloss die Tür und ließ seinem „therapeutischen Können" freien Lauf. Ich weinte in seiner Gegenwart wie ein kleines Kind, dabei waren wir zu dem Zeitpunkt nicht unbedingt die besten Freunde. Er wollte mich nach Hause schicken, sei es krankheitshalber oder mit Abzug von Urlaub. Beides wollte ich nicht. Aber sein gesamtes Verhalten brachte ihm einige Pluspunkte bei mir, unser Verhältnis wurde seit diesem Vorfall viel besser.

Bei Toms nächstem Besuch war ich immer noch schlecht drauf. Er musste erneut mein Geheule ertragen. Im Bett klappte es total gut, nur das Drumherum wurde ihm zu viel. Wieder ein absolutes Drama vorm und beim Abschied.

Zu später Stunde dann bekam ich ein seltsames „Signal" ...

KAPITEL 16

GEHEIMNISVOLLE BOTSCHAFT

Nachdem Tom wieder weg war, legte ich mich wie üblich gleich ins Bett. Meine Bonnie lag neben mir. Sie hat sich übrigens nie für ihn interessiert, sehr selten setzte sie sich bei ihm auf den Schoß. Verspürte sie die Spannung, die zwischen uns beiden herrschte, diese anormale Situation, oder war es nur Eifersucht?

Ich wurde mehrmals wach, durch diese verdammte Grübelei fand ich keine Ruhe. Irgendwann muss ich dann doch über den Wolken gewesen sein, denn etwas Unnatürliches riss mich aus dem Schlaf. Seltsame Geräusche, verbunden mit einem Licht, machten sich bemerkbar. Mein Blick fiel direkt auf den Wecker, es war eine Minute vor Mitternacht. Ich benötigte eine Weile, um zu realisieren, was sich in meinem Zimmer abspielte. Tatsächlich, meine Stereoanlage hatte sich selbstständig gemacht. Das blaue Display leuchtete auf, zwischen den Radiofrequenzen hörte ich völliges Durcheinander. Ich sprang auf und schaltete das Ding ab. Ich war ein bisschen verstört. Wie war so etwas nur möglich? Seit Monaten hatte ich die Anlage nicht mehr eingeschaltet, nur der Stecker steckte. Ich dachte über den seltsamen Zeitpunkt nach, zu dem sich das Ereignis abgespielt hatte. Ich verspürte keine Angst, kein Herzklopfen, aber es ging dennoch nicht einfach so an mir vorbei.

Am nächsten Tag berichtete ich Mutti darüber. Sie fand es ebenfalls recht komisch. „Dies ist eine Botschaft, du solltest sie nicht ignorieren! Du musst dein Leben ändern!" Na toll, aber wie denn? Per Knopfdruck konnte ich meine tiefen Gefühle für Tom nicht abschalten. Ich verdrängte das Geschehene einstweilen und wartete einfach ab.

Es ging mir seelisch immer noch sehr mies, die Kapseln hatten bis dahin noch nicht wieder ihre volle Wirkung gezeigt wegen der Antibiotika, die ich eingenommen hatte.

Um mir ein bisschen entgegenzukommen, telefonierten wir öfter als sonst. Bei aller „Liebe" versuchte Tom mir erneut klarzumachen, dass das Ganze mit uns beiden absolut sinnlos wäre. Klar, das wusste ich doch selbst, aber den Absprung schaffte ich nicht. Falls er es versuchte, ließ ich es nicht zu. Er hatte nie ausreichend Durchsetzungsvermögen, sein Mitleid siegte jeweils.

Seit der Botschaft waren inzwischen drei Tage vergangen. An einem Abend, als wir wieder mal telefonierten, kam eine weitere. Und wieder um die gleiche Zeit. Ich beschäftigte mich diesmal intensiver damit. Mir fiel der Spruch ein: Es ist fünf vor zwölf! Aber die Botschaft erreichte mich sogar noch etwas später, eine (!) Minute vor zwölf. Stand ich so nah am Abgrund, dass mir kaum mehr Zeit blieb, um den definitiven Absturz zu verhindern? Oder blieb mir wortwörtlich noch eine allerletzte Minute (Chance?), um meinen endgültigen Untergang zu vermeiden? Wenn ich schon nicht auf meine Mitmenschen hörte, musste mich eine Botschaft aus dem Jenseits zur Vernunft bringen? Viele Fragen standen offen!

Einige Tage danach ging ich rüber zu Laura und erzählte ihr davon. Wir plauderten noch lange über diesen Vorfall und natürlich über Tom. Plötzlich sprudelte ein unüberlegter Satz aus mir heraus: „Ich könnte ja glatt ein Buch über diese seltsame Sexbeziehung schreiben!" Laura reagierte sofort: „Tu's doch, um Gottes willen, tu's doch, du hast das Zeug dazu!" Etwas verwirrt war ich über meine eigene Aussage schon, mir wurde bald klar, was ich eben gesagt hatte. Und dann noch diese Begeisterung von Laura. Ich überlegte, ob die Botschaft etwas mit meiner unüberlegten Idee zu tun hatte. Wieso bekam ich diese ausgerechnet zu dem Zeitpunkt? Nein, das konnte doch kein Zufall sein!

Eine Botschaft konnte ich danach in der Form nicht mehr erhalten, denn ich hatte die Anlage komplett abgeschaltet. Nur die Idee mit dem Buch ließ mich nicht mehr los. Ich kaufte mir schnellstens ein Heft und schrieb nachträglich (!) alles Erlebte nieder. War schon der Hammer, ich hatte nichts, aber auch gar nichts in der Zwischenzeit vergessen. An jedes noch so kleine Detail konnte ich mich erinnern, als sei es gestern gewesen. Ich war derart auf Tom fixiert, alles war „oben" in meinem „Computer" gespeichert. Schreiben ist ja angeblich die beste Medizin, um Erlebnisse, ganz gleich in welcher Form, zu verarbeiten. Statt stundenlang zu grübeln, saß ich nun stundenlang an meinem Schreibtisch. Dies erwies sich über einen längeren Zeitraum als wesentlich nützlicher ...

KAPITEL 17

DER ANFANG VOM ENDE?

Tom gab mir immer mehr zu spüren, dass die Beziehung nur noch aus Mitleid bestand. Längst war mir aufgefallen, dass seine Nachrichten an verschiedenen Tagen stets die gleichen waren. Hatte er sie abgespeichert, um sie zum passenden Zeitpunkt abzuschicken? Ich wollte meine Vermutung anfangs nicht äußern, aber irgendwann platzte mir dann doch der Kragen. Er verpasste mir eine blöde Antwort: „Oh, ich sehe, du bist ziemlich clever!" Na ja, clever nenne ich so etwas nicht, der letzte Volltrottel hätte es irgendwann gemerkt!

Ich erhoffte mir natürlich, dass er sich daraufhin neue Ideen einfallen lassen würde. Aber weit gefehlt, er trieb sein Spielchen weiterhin fort. Ohne schlechtes Gewissen. Absolut erniedrigend! Aber dennoch, ich war froh, überhaupt noch Nachrichten zu bekommen, obschon ich wusste, was drinstand, ohne sie gelesen zu haben. Wie abhängig muss man von jemandem sein, um so etwas zu ertragen?

Aber nicht nur seine „spannenden" Nachrichten machten mir zu schaffen, nein, sein gesamtes Interesse an mir ging allmählich verloren. War das einst so geliebte Spielzeug nichts mehr wert? Ich erinnere mich nur ungern an einen Besuch von Tom. Keineswegs verschwanden wir wie üblich nach einem lang ersehnten Wiedersehen auf der Spielwiese, andere Dinge waren ihm zuvor viel wichtiger: Zeitunglesen, Vorschau auf Fußball, was später auf den Tisch kommt und dergleichen. Das machte mich sehr traurig. Zu seiner Verteidigung meinte er, er sei ziemlich erschöpft, die letzte Nacht sei feuchtfröhlich gewesen. Die Stimmung war am Nullpunkt.

Irgendwann sind wir dann trotzdem im Bett gelandet, aber auch das wäre mir besser erspart geblieben! Er legte sich seelenruhig hin und wollte erst mal ausruhen. Ich kochte vor Wut! Mensch, ich war doch keine billige Unterkunft für besoffene, ausgepowerte Partygäste! Gegen meinen Stolz fummelte ich an ihm herum, doch nichts regte sich. Mein erster Gedanke: Aha, sein „Behälter" war wohl bereits entleert worden, na toll!

Er versuchte dann doch sein Bestes, vermutlich um mir eine „Freude" zu machen, aber es klappte einfach nicht. Sein seelischer Zustand sei schuld daran, beteuerte er, Probleme auf der Arbeit, Mobbing und so weiter. Seltsam, diese Probleme hatte er schon wesentlich länger, jetzt auf einmal sollte es seine Potenz einschränken, und ausgerechnet bei mir? Wirklich ein bizarrer „Zufall". Niemals hätte er zugegeben, dass er nicht mehr auf mich abfuhr, das musste ich wohl selbst herausfinden.

In solchen Situationen fiel mir dann doch auf, dass meine kleinen runden Dinger (die inzwischen wieder Wirkung zeigten) mir etwas Halt gaben. Trotz meiner Beruhigungskapseln hielt Dr. Silber es für angebracht, dass ich erneut einen Therapeuten aufsuchte. Er kannte meine Einstellung dazu, aber ich solle nicht gleich aufgeben. Er gab mir die Adresse einer Psychologin, nur ein kleiner Unterschied zu einem Therapeuten. Ich habe dann doch bei ihr angerufen. Ich dachte mir, wenn's nichts bringt, schaden kann es auch nichts.

Schon recht bald bekam ich einen Termin bei Frau Eisenmangel. Natürlich war ich aufgeregt. Eine schlanke, sympathische Dame Mitte 40 öffnete die Tür. Mein erster Eindruck war ohne Bedenken sehr positiv. Sie wirkte verständnisvoll, kein dämliches Grinsen im Gesicht. Ich kann im Nachhinein behaupten, mich bei ihr wohl gefühlt zu haben. Anfangs hörte sie mir aufmerksam zu, dann überrumpelte sie mich mit vielen Fragen, auf die ich antworten musste, sie ließ nicht locker. Nur auf eine fand ich keine Antwort. „Was fesselt Sie so an diesem Mann?" Das Gespräch dauerte ganze zwei Stunden, und als ich die Praxis verließ, fühlte ich mich gut. Aber dennoch, bei Dr. Silber war ich am besten aufgehoben, den hätte ich anschließend am liebsten abgeknutscht.

Eins steht jedoch fest, der beste Arzt, der beste Therapeut kann dich nicht wirklich von deinen Problemen befreien. Es blieb bei dem Termin bei Frau Eisenmangel, einen weiteren gab es nicht. Jeder muss bzw. soll seine eigenen Erfahrungen auf diesem Gebiet machen. Ich musste eingestehen, dass nicht alle Therapeuten oder Psychologen schlecht sind.

Was Tom betraf, musste ich etwas ändern. Ich spürte, er fühlte sich verpflichtet, schlimmer noch, gar gezwungen, mir zu schreiben. Auch die Telefonate wurden allmählich weniger. Bedeutete das genauso wie die (einmalige?) Flaute im Bett DEN ANFANG VOM ENDE?

Mein ganzes Umfeld machte sich (berechtigte) Sorgen um mich. Ganz besonders Max, mit dem ich einen Teil meines Lebens verbracht hatte. Ihm gegenüber war ich sehr verschlossen. Er sollte nicht merken, wie kaputt mein Inneres war! Auch er hatte inzwischen mehrere Freundschaften bzw. Liebschaften gehabt, die in die Brüche gegangen waren.

Eines Tages ergab es sich, dass wir beide alleine einkaufen fuhren. Max nutzte die Gelegenheit aus und gab mir zu verstehen, dass ich ganz besonders ihm nichts vormachen müsste. Nach so vielen gemeinsamen Jahren durfte er wohl wissen, was sich in mir abspielte. Wir saßen im Auto, vor dem Supermarkt, es kam, wie es kommen musste, er quatschte mich auf dieses heikle Thema an. Dass es ihm stank, mich so leiden zu sehen, und dergleichen. Ich kämpfte mit den Tränen. Bei meinem Exmann wegen eines anderen weinen, das wollte ich nicht zulassen. Er hatte meinen wunden Punkt getroffen. Dennoch, ich blieb „stark", versuchte es zumindest. Er schlug mir vor, im Internet auf Partnersuche zu gehen, um endlich diesen Idioten (das waren seine Worte) zu vergessen.

Aber er stieß auf taube Ohren. Seine gut gemeinten Ratschläge kamen wohl bei mir an, nur diese in die Tat umzusetzen war für mich ein Ding der Unmöglichkeit. Wie sollte ich eine neue Beziehung eingehen, wenn die aktuelle noch nicht verarbeitet, besser gesagt, nicht wirklich beendet war?

Max gab irgendwann auf, nur einen Rat gab er mir noch mit auf den Weg. Ich sollte wenigstens einen Therapeuten aufsuchen! Ich musste ihm gestehen, dass dies schon längst der Fall gewesen war. Max war entsetzt und enttäuscht zugleich. Zum einen weil ich ihm mal wieder nichts erzählt hatte, zum anderen weil es mir seiner Meinung nach trotz allem ziemlich beschissen ging.

Der Alltag ging, wie kaum anders zu erwarten, so weiter wie gehabt. Gedanken über Gedanken, Fragen über Fragen! Vielleicht ein kleiner Lichtblick bei Toms nächstem Besuch? Klarheit darüber kam schneller als erwartet, ohne dass ich damals wusste, dass es sein letzter sein sollte ...

Meine Vorfreude war irgendwie gehemmt. Aus Angst, dass er wieder versagte oder vor der Wahrheit? Alles verlief wie üblich, kurz vor seinem Eintreffen Klingelzeichen am Telefon. Damit jagte er jedes Mal meinen Puls weit über die Grenzen. Die Begrüßung war okay, klar, nicht wie beim ersten Mal, aber zufrieden stellend. Auch machte Tom den Eindruck, ziemlich „wuschig" (netter Ausdruck für „geil") zu sein. War meine Vorahnung damit unbegründet?

Er trank noch schnell ein Tässchen Kaffee, dann flüchteten wir aufs Zimmer. Meine Erwartungen waren hoch, vielleicht zu hoch? Ja, genau, es passierte erneut, besser gesagt, es passierte gar nichts. Ein unvermeidlicher Streit war im Anmarsch! Vorwürfe über Vorwürfe, jeder wollte den anderen übertreffen. Mir wurde in diesem Moment klar: ER BEGEHRT DICH NICHT MEHR. Wie leer und erniedrigt man sich dann fühlt, nicht zu beschreiben! Ich musste mich geschlagen geben, habe es dann auch nicht mehr probiert. Er zog seine Klamotten wieder an, so verbrachten wir den Nachmittag wie zwei Rentner vor der Glotze (wie aufregend!), nicht wie gewohnt im Bett. Ich schätze mal, Tom wäre am liebsten gleich nach Hause gefahren, aber das konnte er mir nicht auch noch zumuten. Mir war zu dem Zeitpunkt alles egal, ich konnte eh nichts mehr ändern.

Die befürchtete Bestätigung hatte ich nun! Mir wurde klar, ich hatte den Kampf gegen ihn mit Abstand verloren.

Das Einzige, was ich noch von ihm verlangte, war, einen Blick auf mein Buch zu werfen, das zu diesem Zeitpunkt ungefähr zur Hälfte fertig gestellt war. Diesen Gefallen tat er mir dann auch. Ich ließ ihn für eine Weile in Ruhe, er sollte sich schließlich konzentrieren können.

Ich schätze mal, er schaffte gerade mal 20 Seiten, legte es nieder und brach in Tränen aus. Das hatte ich nicht erwartet. Er heulte wie ein kleiner Junge, fast machte er mir Angst. Nach mehrmaligem Luftholen nannte er es „Vergangenheitsbewältigung"! Er schien sichtlich berührt von den paar Zeilen, die er in kürzester Zeit gelesen hatte. Alles Mögliche sprudelte aus ihm heraus, er sei ein Versager, ein Verlierer ... Des Weiteren sagte er: „Was ist nur aus mir geworden (Selbstmitleid!), was hab ich nur mit dir angestellt?" Zum ersten Mal schob er sich selbst die Schuld zu.

Vielleicht mag es ja ein bisschen eklig klingen, aber es tat mir heimlich gut zu sehen, dass es auch ihm mal so richtig dreckig ging! Kampf der Geschlechter halt. An einen Satz erinnere ich mich noch ganz genau: „Du hast in mir eine Blockade gelöst, noch nie zuvor konnte ich so ungehemmt heulen, das hätte ich nie zugelassen! Aber durch dich kann ich meinen Gefühlen endlich freien Lauf lassen!" Cool, außer dem benötigten Sex hatte ich ihm also noch andere positive Dinge eingebracht? Wer konnte ihm das in seiner turbulenten Laufbahn schon bieten, diese Anke sicherlich nicht.

Dieser (letzte) Besuch war wie üblich mit Höhen und Tiefen verbunden. Nach jedem Hoch (sein Lob von vorhin) kam dann auch ziemlich schnell ein grausames Tief. Er forderte eine „Auszeit"! Was er damit meinte, war mir gleich klar. Er verpackte es so, aber was Tom eigentlich sagen wollte, verstand ich sofort: ein definitives AUS! Nicht auf unbestimmte Zeit, für immer! Man hatte mir soeben einen Faustschlag ins Gesicht verpasst.

Damit nicht genug, auch schreiben wollte er mir nicht mehr. Na ja, eher selten. Eine gewaltige Szene meinerseits war nun nicht mehr aufzuhalten. Die Auszeit verlangte er zwar, aus Mitleid schrieb er mir dann doch weiterhin. Begeisterung pur bekam ich in deren Inhalt zu spüren! Das Niveau änderte sich schlagartig: „Schönes Wetter heute, fahr jetzt nach Hause" und solch einen Mist. Ich habe natürlich auf SMS gewartet wie z. B. „Mach dir keine Sorgen, ich begehre dich immer noch, das Problem liegt bei mir!" Nein, in der Form war nichts mehr zu erwarten.

Die kommenden Tage und Wochen waren ziemlich hart für mich. Ich stellte fest, Tom hatte für seinen Teil mit mir abgeschlossen. Aus meiner Sicht war es logischerweise längst nicht so. Der Zeitpunkt war gekommen, ich musste neue Wege gehen, auf Tom war nicht mehr zu zählen. Es war sehr schmerzhaft, aber es schien, als ob ich endlich verstanden hätte.

KAPITEL 18

AUF DER SUCHE NACH DEM WAHREN
„ICH"

Abgesehen von einem lockeren Kontakt zu Tom stand ich
nun wieder ganz (!) alleine da. Ich benötigte eine lange
Zeit, um zu mir selbst zu finden. Die Idee von Max, mich
per Internet bei einer Partnervermittlung zu melden, kam
mir wieder in den Sinn. Aber wollte ich das denn überhaupt? Zwar war meine seltsame Beziehung so gut wie
beendet, nur sich gleich in ein neues Abenteuer stürzen?
Oder doch eine ewige Trauerphase einlegen?

Anfangs lebte ich von einem Tag auf den anderen, ohne
ein Ziel vor Augen. Vor diesem Erlebnis war ich ein gesel-
liger, lustiger Mensch, aber stand nun ein ewiges Single-
Leben an? Oft dachte ich mir, wie es wohl wäre, einen
netten Mann an meiner Seite zu haben, der nicht nur Sex
im Kopf hat!

Irgendwann wollte ich es dann doch wissen und kaufte
mir eine Zeitschrift mit allerhand Kleinanzeigen: Menschen auf der Suche nach dem passenden Deckel. Gegen
meine ursprüngliche Absicht habe ich's dann doch riskiert
und verschickte Mails an Typen, deren Anzeigen mich angesprochen hatten. Oh Gott, ich bemerkte schnell, dass
es ein Flohmarkt für Einsame war: die meisten ohne Job,
andere ohne Führerschein und wiederum andere aus ka-
putten, zerrissenen Beziehungen.

Nur einer schien mir halbwegs normal, seine Anzeige fand ich irgendwie traurig. Das passte ja total gut zu meinem damaligen Zustand. Meine ganze Art gefiel ihm, er bekam sehr viele Mails, aber meine waren angeblich etwas ganz Besonderes. Ein neues Date stand vor der Tür ...

Aber bis dahin vergingen noch ein paar Tage, und in der Zwischenzeit erzählte ich „meinem" Tom davon. Telefonisch allerdings. Ich erhoffte mir, er wäre traurig darüber, einen Nebenbuhler zu haben. Doch es kam ganz anders. Das Gegenteil war der Fall. Er flippte förmlich aus vor Freude, endlich die Erlösung für ihn, auf die er so lange gewartet hatte. Mein Plan B ging nicht auf: Statt der beabsichtigten Eifersucht machte ich ihm eine große Freude. Seine Euphorie war kaum zu bremsen. Das tat weh!

Jetzt war ich ihn endgültig los, er wollte von nun an auch keine Mails mehr. Ich musste mich damit abfinden und konzentrierte mich aufs Wesentliche. Es war nicht einfach. Okay, dieses bevorstehende Date war irgendwie aufregend, wenn nur diese Gedanken nicht (mehr) da gewesen wären! Vieles ging mir durch den Kopf: Was willst du überhaupt, wer bist du mittlerweile und, und, und. Ich war AUF DER SUCHE NACH DEM WAHREN „ICH".

Zurück zu dem neuen Date. Dummerweise hieß er auch noch Tom, ein ungewollter Minuspunkt für ihn. Auf einem Parkplatz nahe dem Grenzgebiet haben wir uns getroffen. Jeder hatte eine ungefähre Vorstellung (Beschreibung) von dem anderen. Sein Äußeres stufte ich als passabel ein, Durchschnitt halt. In seiner Gegenwart geriet ich dann, wie befürchtet, in ein schreckliches Wechselbad der Gefühle. Ich machte mir unberechtigte Vorwürfe. Ich traf mich mit einem anderen, also konnte die Liebe zu

Tom nicht so groß gewesen sein! Mit derartigen Gedanken redete ich mir selbst ein schlechtes Gewissen ein.

Mit dem „neuen" Tom ging ich trotzdem etwas trinken. Es war an einem Sonntag, tote Hose hier zu Lande. Gegen meine Prinzipien schleppte ich ihn mit nach Hause. Dabei kannte ich ihn gar nicht. Besonders clever war das wirklich nicht.

Er erzählte ein bisschen über sich. Auch er hatte eine Menge erlebt. Das Allerschlimmste war der Tod seiner geliebten Mutter. Überwiegend deswegen nahm er jeden Tag Unmengen an Beruhigungskapseln zu sich, und Kettenraucher war er auch noch. Er hatte sogar ein großes Foto von seiner Mutter dabei.

Erst als ich all das von ihm wusste, bemerkte ich seinen seltsamen Blick. Ich hatte einen (harmlosen?) Psychopathen an Land gezogen. Er suchte Halt in einer festen Beziehung oder etwa eine Ersatzmutti, vielleicht sogar beides. Ich baute eine Schutzmauer um mich herum, denn den wollte ich auf keinen Fall zu nah an mich heranlassen.

Natürlich kannte er inzwischen auch meine Geschichte. Ich glaube, er war irgendwie wütend auf Tom und auf das, was er mir angetan hatte. Ich spürte schnell, dass der neue Tom mich vergötterte. Wie unterschiedlich die Menschen doch sind.

Ein Satz von ihm warf mich dann völlig aus der Bahn: „Wenn ich dich nicht kriegen kann, bringe ich mich um!" Das waren seine Worte. Ich antwortete das einzig Richtige: „Dann tu's doch, ich werde dich nicht davon abhalten!" Damit hatte er vermutlich nicht gerechnet. Ich musste ihn um Gottes willen schnell loswerden. Ist mir auch irgendwie gelungen.

Jetzt fing der Horror bei mir erst richtig an. Nun schlugen mir beide Geschichten auf den Magen. Ich war völlig durch den Wind! Den einen wollte ich (logischerweise!) nicht, den anderen behielt ich nicht mehr. Mein Leben hatte zu dem Zeitpunkt jeglichen Sinn verloren. An Selbstmord habe ich dennoch nie wirklich gedacht.

Arbeiten musste ich wohl, alles andere war mir völlig egal. Ich konnte es nicht lassen ... Vielleicht haben Sie eine Ahnung, was ich damit meine? Genau, ich wählte mal wieder die Nummer von Tom. Er war nicht unbedingt begeistert, als er meine Stimme hörte, aber ich musste ihm doch von meinem Flop erzählen (dies war ein guter Vorwand). Er bedauerte es sehr, hatte er doch so sehr gehofft, dass ich endlich jemanden gefunden hatte, der es ernst mit mir meinte, so wie ich das verdient hätte. Ich habe natürlich während des Telefonats fast nur geheult. Tom blieb diesmal stark und außerdem konsequent! Deutlich gab er mir zu verstehen: keine SMS mehr. Aus und vorbei. Dennoch, es beruhigte mich enorm, weil er wusste, dass ich nicht erneut im siebten Himmel schwebte.

Das einzig Positive, was er mir noch anzubieten hatte: Ich könne ihn im äußersten Notfall anrufen. Das habe ich nie getan, darauf bin ich sehr stolz!

Ein kleines, aber sehr schmerzhaftes Kapitel in meinem Leben war beendet. Trotz meiner unbeschreiblichen Leere durch diesen Verlust war mir bewusst, es war definitiv vorbei!

In den kommenden Wochen und Monaten wurde trotzdem regelmäßig aufs Handy gestarrt. Klingelte das Telefon, sprang mir fast das Herz aus meiner (großen) Brust. Selbst an den Wochenenden blieb das Handy nachts eingeschaltet. Dabei wusste ich ganz genau, dass ich nichts mehr zu erwarten hatte. Das sind Gewohnheiten, auf die man nur sehr schlecht verzichten kann. Vermutlich kennen Sie das auch. Irgendwann habe ich's dann doch begriffen und fand endlich Ruhe. Alles braucht halt seine Zeit.

KAPITEL 19

EINE NEUE LIEBE IST WIE EIN NEUES LEBEN!

Was ich aus meiner ungewissen Zukunft gemacht habe, möchte ich Ihnen nicht vorenthalten. Das Leben ging trotzdem weiter, und ich wollte, besser gesagt, ich musste das Beste daraus machen. Inzwischen waren ein paar Monate vergangen, und ein ewiges Single-Leben war mir auf Dauer doch zu öde. Ich brauche viel Liebe und Geborgenheit, beides konnte ich mir schlecht selbst bieten.

Zu meiner neuen Geschichte. Ich war bei Max zu Besuch. Wir redeten über Gott und die Welt. Er fand, dass es endlich an der Zeit wäre, mir einen neuen Partner zu suchen. Max stellte sich wie immer sehr geschickt an. Er schoss ein Foto von mir und erklärte mir den weiteren Verlauf. Ich müsse jetzt nur noch meine Angaben und meine Vorstellungen im Internet ausfüllen. Gegen eine minimale Gebühr kann man sich bei dieser bekannten Partnervermittlung einschreiben. Das war mir auch lieber, denn ich erhoffte mir damit mehr Glück mit ernst gemeinten Zuschriften. Klar, ganz gleich, was ich tat, die alten Gedanken holten mich immer wieder ein, aber nicht heftig genug, um mir meine Planungen zu vermasseln.

Max hatte mich wirklich neugierig gemacht. Auch er hatte seine Verlobte auf diesem Weg kennen gelernt, und Nachwuchs war auch schon unterwegs! Ich überrumpelte ihn erst mal mit vielen Fragen, ja, es war spannend. Meine ganz persönliche Seite war schnell fertig gestellt, nun wartete ich gespannt auf Reaktionen aus der Männerwelt. Würde sich überhaupt jemand melden, fragte ich mich. Bin zwar keine Claudia Schiffer, aber so übel bin ich nun auch nicht, schätze ich mal. Mit Bild hat man eh mehr Chancen, das beweist doch, dass man nichts zu verbergen hat, oder? Ich bemerkte sofort, dass das Niveau im Internet deutlich höher ist als das der Kleinanzeigen, wo ich (lange) zuvor mein (Un-)Glück bereits versucht hatte.

In den kommenden Wochen sah mein Tagesablauf immer gleich aus: arbeiten, Internet und schlafen. Ja, ich saß stundenlang wie gefesselt vor dem Computer. Endlich eine kleine, lang ersehnte Lebensfreude. Zudem kam ich gar nicht mal so schlecht bei den Männern an. Irgendwie wurde ich ein bisschen wählerisch. Kinder (sorry, nicht böse gemeint) sollte er auf keinen Fall haben, die Distanz nicht zu groß ...

Schon recht bald hatte ich mein erstes Date. Es war Kai, ein gleichaltriger Mann, nahe dem Grenzgebiet. Meine Vorstellungen waren ihm bekannt. Ja, nett war er, dennoch kaum erwähnenswert, auch er hatte keine ernsten Absichten. Danach haben wir uns nie wieder getroffen.

Ich gab nicht auf, diese kleine Niederlage hatte ich schnell vergessen. Logisch angesichts dessen, was ich zuvor alles erlebt hatte. Langweilig wurde es nie. Ich stieß auf überwiegend nette Menschen, aber auch welche, die nicht verstehen wollten, dass ich aus irgendeinem Grund nicht interessiert war. Jede Menge Erfahrungen habe ich gesammelt. Nicht immer wurden die Termine eingehalten, manchmal wartete ich vergeblich und wurde von anderen angemacht. Ärgerlich, doch ich hab's mit Humor genommen. Irgendwann kommt der Richtige, ging mir durch den Kopf.

Das sollte gar nicht mal so lange dauern. Kurz vor dem geplanten Sommerurlaub mit Max und anderen Freunden machte ich eine Bekanntschaft, bei der ich aus meinem Gefühl heraus dachte: „DER IST ES!" Ich rede von Dieter, ein Jahr älter, aus der Eifel. Ausgerechnet bei ihm setzte ich meinen „Röntgenblick" ein und analysierte sein Bild ganz genau. Ich vermutete, dass dies (ausnahmsweise) ein anständiger Typ sein musste. Sorry, aber kein mieser Kerl wie viele andere. Ein Date war noch nicht in Planung, denn der besagte Urlaub funkte dazwischen. Aber das machte die Sache noch spannender. Außerdem, Internet gibt es ja mittlerweile überall!

Etwas zu feiern gab es in Bulgarien auch noch, meinen 37. Geburtstag. Das wusste Dieter damals nicht. An dem Tag bimmelte mein Handy fast nonstop. Aber schon sehr bald sollte ich einen Rückschlag erleiden. Eine SMS von Tom raubte mir fast den Atem, meine Gefühlswelt stand binnen Sekunden unter Starkstrom. Wieso, weshalb, warum? Zwischen den Zeilen konnte ich erkennen, dass er sich Gedanken machte, wie es mir so ging. Irgendwie berechtigt, würde ich mal sagen! Trotz allem, warum hatte er noch an meinen Geburtstag gedacht? Zwar bedankte ich mich mit zitternden Händen (beim Schreiben) bei ihm, aber was er mit seiner lieb gemeinten Nachricht wieder bei mir ausgelöst hatte, konnte er nicht ahnen.

Tagelang empfand ich wieder diese verdrängte Leere in mir. Des Öfteren war ich alleine unterwegs, diesen Abstand benötigte ich, um schnellstens „erneut" zu mir selbst zu finden. Das wussten die anderen natürlich nicht, mir fiel immer etwas ein, um nicht an ihren Ausflügen teilnehmen zu müssen. Mein Verstand siegte ausnahmsweise, nicht das Herz, sonst hätte ich noch länger gelitten. Vielleicht wartete ein lieber Mensch auf mich, und ich musste nur die Arme nach ihm ausstrecken?

Ich riss mich zusammen und fixierte mich auf Dieter. Fast täglich bin ich in ein nahe gelegenes Internetcafé gelaufen. Irgendwann endlich ein Fortschritt! Ein Date, gleich nach dem Urlaub, mit Dieter! Ich freute mich, ein bisschen Angst war wohl auch damit verbunden. Keine Ahnung, ob ich es ertragen würde, von einem anderen Mann in die Arme genommen zu werden, gar geküsst zu werden. Aber dieses Risiko musste ich eingehen.

Doch Dieter hat mich gleich beim ersten Mal versetzt! Ich war sehr enttäuscht, jedoch auch verwundert darüber, dass es mir etwas ausmachte. Nach dem holprigen Start hat es dann doch geklappt. Wir trafen uns, nicht weit von seinem Zuhause entfernt. Mann, ich war so aufgeregt. Er gefiel mir sogar besser als auf dem Foto. Wir unterhielten uns auf Anhieb prächtig, gingen zusammen essen. Jeder erzählte ein bisschen über sich. Meine Vorahnung bestätigte sich. Es gibt sie doch noch, rücksichts- und verständnisvolle Männer. Er war sehr scheu und zurückhaltend. Kein Problem für mich, ich bin eher das Gegenteil. Ich fühlte mich wohl bei ihm, das war absolut befreiend.

Nach dem Essen gingen wir spazieren. Eine Spannung erwachte in mir. Ich musste den Stein ins Rollen bringen. Dieter hätte sich niemals getraut. Also war ich der „Anführer" und nahm spontan seine Hand. Er wehrte sich nicht, auch nicht, als ich ihn auf einer Parkbank im

Sommerregen küsste. Es sollte wortwörtlich eine feuchte Nacht werden. Im Auto wurde noch ein bisschen herumgefummelt, bis uns irgendwann die Müdigkeit einholte. Ich fuhr mehr als zufrieden nach Hause und war stolz darauf, dass ich es geschafft hatte, einen lieben Menschen an mich heranzulassen. Ein voller Erfolg, für mich und meine verletzte Seele.

Den weiteren Ablauf können Sie sich wohl denken. Ich informierte meinen engsten Freundeskreis und natürlich meine Eltern. Alle waren begeistert. Endlich hatte ich die Kurve gekriegt!

Dieter meldete sich auch gleich am nächsten Tag. Das kommende Wochenende gehörte uns beiden. Selbst meine Arbeitskollegen bemerkten meinen Wandel und freuten sich mit mir. Natürlich hatten Letztere viele Fragen – in welche Richtung die steuerten, ist doch klar, oder? Vor allem Claudia und Udo waren enorm erleichtert. Sie hatten mich schon fast aufgegeben.

Am Freitag dann stand Dieter bei mir auf der Matte, fast schon mit der Zahnbürste in der Hand. Na ja, viel geredet haben wir in diesen Tagen nicht, es gab viel zu tun. Selbst „dabei" eine neue positive Überraschung. Ich hatte nicht versagt. Es war wunderschön, er entpuppte sich nicht als Sexmaschine. Wobei ich schon fast an einen Wettbewerb gewöhnt war.

Die Geschichte mit Tom habe ich ihm nicht verschwiegen. Das war auch gut so, denn die Vergangenheit holte mich öfters ein, und dann musste ich unkontrolliert drauflosheulen. Dieter machte mir nie eine Szene, obschon er das nicht nachvollziehen konnte. Er zeigte Verständnis und ließ mich in Ruhe. Ich schätze mal, die allerwenigsten Partner würden solche „Aussetzer" akzeptieren. Klar habe ich mich schnell in Dieter verliebt, nur in dem Ausmaß wie bei Tom, nein, das werde ich auf dieser Erde vermutlich nicht mehr erleben. Mir wurde bewusst, wenn Gefühle die Oberhand gewinnen und somit dein ganzes Leben dirigieren, dann hast du jeglichen Boden unter den Füßen verloren. Dank Dieter habe ich gelernt zu lieben, ohne mich selbst zu verlieren.

Nach und nach lernte er meine ganze Bekanntschaft kennen. Alle (!) sind begeistert von ihm, sogar meine Ex-schwiegereltern haben ihn herzlich aufgenommen. Eine total verrückte Familie, werden Sie jetzt denken? Irgendwie schon, trotz der Scheidung von Max haben wir alle nicht verlernt, zusammenzuhalten.

Dieter besitzt zwar ein Eigenheim, aber dennoch wird er sicherlich irgendwann zu mir ziehen. Dem steht eigentlich nichts im Wege. Auch Bonnie und Dieter sind ganz dicke Freunde geworden.

Nachdem wir ein paar Monate zusammen waren, habe ich die Kapseln abgesetzt. Ich fühlte mich stark genug, ohne diese Dinger zu leben ... Die unglückliche Beziehung mit Tom (anderthalb Jahre) hat mich geprägt. Noch immer habe ich Angst davor, ihm irgendwann zu begegnen ...

SCHLUSSWORT

DIE FERTIGSTELLUNG MEINES BUCHES ZOG SICH ÜBER EINEN SEHR LANGEN ZEITRAUM HIN. NICHT IMMER GLAUBTE ICH STARK GENUG ZU SEIN, UM MEIN WERK ZU VOLLENDEN. IRGENDWANN HABE

ICH ES DANN DOCH GESCHAFFT. DAS MACHT MICH STOLZ.

MIT DIETER BIN ICH IMMER NOCH ZUSAMMEN. OB DIE HOCHZEITSGLOCKEN SPÄTER MAL LÄUTEN WERDEN, STEHT NOCH IN DEN STERNEN ...

MIT MEINEM ERFAHRUNGSBERICHT MÖCHTE ICH BEWEISEN, DASS NACH JEDEM TIEF EIN HOCH KOMMT. LASSEN SIE ES NICHT SINNLOS AN SICH VORBEIZIEHEN!

ICH BEDANKE MICH HERZLICH BEI ALLEN, DIE MIR IN DER SCHWIERIGEN ZEIT GEHOLFEN HABEN, DIE MICH ZUM SCHREIBEN ERMUTIGT UND MICH UNTERSTÜTZT HABEN.

ICH WERDE ES EUCH NICHT VERGESSEN.

AUCH EIN KLEINES DANKESCHÖN AN TOM. OHNE IHN WÄRE DIESES BUCH NIE ZUSTANDE GEKOMMEN!

DANKE AN ALLE!

IN EIGENER SACHE: DIE NAMEN DER BETEILIGTEN PERSONEN IN MEINEM BUCH SIND FREI ERFUNDEN. JEGLICHE ÜBEREINSTIMMUNG MIT FREMDEN MENSCHEN WÄRE REINER ZUFALL.

IHRE CHRISTIANE S.